元帥閣下の愛妻教育

Misaki Tachibana
立花実咲

Honey Novel

Illustration

藤井サクヤ

CONTENTS

◆プロローグ

美しい海面が陽《ひ》に照らされてキラキラと煌《きら》めく様子を眺めていると、心の迷いがゆっくりとなだめられていく。

ときには目が眩《くら》むほどの朝陽に、ときには燃えるような紅《くれない》に染まる夕陽に、ときには琥《こ》珀《はくいろ》色に満ちた月光に。

浜辺に打ち寄せる波は、繰り返し海に還《かえ》り、また休むことなく押し寄せてくる。

ゆらゆらと光に揺らめく水面は、心の在《あ》り処《か》を鏡のように映し、そして正すように心に迫ってくる。

今日の海はおだやかに揺れているように見えるが、身体《からだ》に強く吹きつけてくる風が冷たい。

ここは城から鉱山を一つ越えた最南端の場所……。

崖《がけ》の上から眺めていたら、パラパラと土塊が落ち、足元が崩れ吸い込まれていきそうになった。

あとひと月もすれば、この大陸には雪が降る。海もまた白く染められていくだろう。

冬を越すまで数ヶ月、なんとかしなくては……。

「――ミリアン王女殿下、たった今、国境警備隊より報告が入りました」

王立騎士団の近衛《このえ》隊長テオドール・マスカルから声をかけられ、パラディン王国の王女ミリアン・ラシュレーは風に煽《あお》られる金糸雀色《カナリアいろ》の長い髪を手で押さえながら、紺碧《こんぺき》の海から彼の方へ視線を移した。

――吉報ではない。

テオドールの黒髪から覗《のぞ》いている菫色《すみれいろ》の瞳《ひとみ》と、彼の憂《うれ》いを帯びた表情からそう見てとると、ミリアンはライラック色のドレスの上に羽織っていた外套《がいとう》を翻し、馬車が待機している方を振り仰《あお》いだ。

「よくない風が吹いていると思ったのよ。すぐにお城に戻りましょう」

「御意《ぎょい》。では、馬車の方にお願いします」

テオドールは慇懃《いんぎん》な態度で礼をとり、ミリアンの護衛につく。王族専用である四頭立ての立派な馬車を先頭に、王立騎士団の近衛隊の中でも最も優秀な騎士らが甲冑《かっちゅう》に身を包み、武装した馬と共に待機していた。

「急ぎ、城に戻る」

テオドールの指揮に従い皆が整列する。

ミリアンはこれから先の国の未来を案じて、胸の辺りできゅっと手を握りしめる。

「私は決断をしなくてはならないわ。王女としてできる限りのことを」

ミリアンの翠玉石色《エメラルドいろ》の瞳にはある決意が灯《とも》されていた。

傍《そば》についていたテオドールが、そよ風のようにそっと声をかけてくる。

「我々はこの先どのような決断があろうとも、王女殿下についてまいりますよ」

端整な顔をした男の険しい表情がわずかに和らぐ。その顔を見たら、自然と肩の力が抜けた。

「テオ……あなたがそう言ってくれると、身体の震えが治まるの……不思議ね。いつも私の傍にいてくれてありがとう」

まるで別れを告げるかのような言葉になってしまったのは、それほどまでに危機が迫っている状況だからだ。

早々に決断しなくては……というより、他にもう道はない。

ミリアンは先ほどから考えていたことを心の中で整理しながら、すうっと深呼吸を繰り返した。

そうしたところで気持ちが晴れるわけではないとわかっている。けれど、万が一の奇跡がもしも起こったなら、国は永遠に平和でいられるかもしれないのだ。

たった一つ、私の決断次第で――。

ミリアンの気持ちは固まった。

「さあ、向かいましょう。私たちのお城へ」

ミリアンを乗せた馬車は騎士隊に護《まも》られる中、パラディン王国のルノアール城を目指して走り出した。

国の危機を救うため。そのたった一つのことしかミリアンの頭にはなかった。

◆1　皇帝陛下の花嫁候補

「ミリアン王女殿下が……ファンジールに？」

日が傾きかけた頃、王太子と共に元老院議官を交えた会議に出席していたミリアンの思いがけない発言に、重臣たちからどよめきが走った。

「ええ。決意いたしました。皇帝陛下にお会いして、私との結婚を考えていただけるようにお話をするつもりです」

会議の間がどれほどざわつこうが、ミリアンは凛《りん》とした姿勢を崩さなかった。

マティアス大陸を統《す》べるギースヴェルト帝国の皇帝は、ファンジール王であるベアトリクス三世だ。

ギースヴェルト帝国は二十以上の王国、公国、小国によって構成されているが、大陸を侵略しつづける暴君により、海に面した大陸一の小国、パラディン王国は危機に陥っていた。

今、侵略されるか交渉するか、決断のときが迫っている。

ギースヴェルト帝国の皇帝は各国の選帝侯により選出されるのだが、その条件として、より高貴な身分の世継ぎを残せる妃を迎えることが挙げられていた。

それ故《ゆえ》、これまで他国への侵攻に夢中で自身の結婚に目を向けていなかったベアトリクス三世も皇帝の地位を不動のものするために急ぎ妃《きさき》候補を検討しているという。

皇帝の座に君臨するベアトリクス三世にとって、地位を奪われるようなことは絶対にあってはならないと考えているらしく、近いうちに正妃を決めるのではないかと噂《うわさ》されていた。

ならば小国の王女にもチャンスはあるだろう。そんな絶好の機会をみすみす逃すわけにはいかない。

「ミリアン王女殿下、しかし……」

老宰相《さいしょう》が困惑した表情を浮かべる。

「残された道はそれしかありません。ですから、ファンジールに出立《しゅったつ》する許可をいただきたいのです。この件は先日国王陛下とも話し合い、内諾をいただいています。私たちのやりとりを秘書官に記録してもらいました」

ミリアンはそう言い、書記として出席していた秘書官の方を見た。証拠をつきつけられては国王の命令だと納得する他ないだろう。しかし、秘書官が言葉を添えるよりも先に外務大臣が口を挟んでくる。

「異議あり。王女殿下の決意は素晴らしいものですが、どうか今いちど冷静に。万が一、王女殿下が捕虜《ほりょ》にでもされたら残された国のことはどうされるおつもりですか？　国王陛下は病《やまい》に伏し、王太子殿下はお身体が弱く、内政が不安定な今、国の象徴かつ支柱として、ミリアン王女殿下は必要不可欠な方なのですよ」

臣下たちの憂慮する視線を散らすように、ミリアンはつづけて説得する。

「では、どうか今いちど冷静に、私の正直な胸の内を告げます。本当ならば気の進まない話です。皇帝陛下に直接お会いしなければ我が国に対しての考えがわかりませんし、お会いしたからといって我が国が独立を保ちつづけられるか否かという問題が簡単に解決するとは思っていません。ですが……もう他に手立てがないのです。何か具体的な解決策がありますか。時間との戦いなのではないですか。我が国が支配されていく様子を私は見て見ぬふりをしていてよいと言うのですか？」

ミリアンの澄んだ瞳をまっすぐに受けた外務大臣は、言葉を詰まらせた。王女の真摯《しんし》かつ健気《けなげ》な意志にたじろいでいる様子だ。外務大臣がしどろもどろに言葉を探しているうちに、ミリアンは自分が見た光景をありのままに告げる。

「国境では兵が常に外敵に脅され、城下町の視察でもまた、とても惨《むご》い光景が広がっていました。市民は貧困による飢《う》えや流行病《はやりやまい》で一人死に、また一人死に……という状況です。とはいえ、現状では国庫も底をついてしまい、十分な対応ができません。だから弱き者から見捨てて、ただ黙って嵐が去るのを見ていればよいと、そうおっしゃるのですか？　それで平和が訪れるとでも？」

外務大臣に口を挟まれた老宰相が白髭《しろひげ》を落ち着きなく撫《な》でつけながら、険しい表情を浮かべ、異論を唱えた。

「王女殿下、大変立派なお言葉ですが、王族の務めは他にございます。宿命というものがあるのですよ」

「国民はいち早く犠牲になれとおっしゃるつもりですか」

「……そういうわけでは」

けして市民をないがしろにするつもりはないという気持ちは伝わってくるが、ミリアンは納得がいかなかった。

今、動かなければ、いつ、動くのだろう。

こうして会議をしている間にも、大陸は歴史を刻んでいる。一寸先は闇《やみ》か光か、ミリアンの決意次第で変わるかもしれない。明日の我が身が怖いからと、このまま何もしないままでいるわけにはいかない。

ミリアンだって自分の身がどうなるかを考えると怖くないわけではない。殊勝な言葉を言いつつも心の中では震えている。臣下を説《と》き伏せつつ、内心は自分に言い聞かせていた。

「宿命とおっしゃるなら、私の身分が役に立つのは……あともって数年でしょう。ここ数年は帝国からの干渉以上に諸外国からの攻撃が激しくなっていると報告を受けました。我が国は孤立した状態で、唯一の財源であるノベンツァー鉱山を盾に膠着《こうちゃく》状態を保っていますが、このままではいずれ滅びる運命になるでしょう。そうなったら身分など関係ありません。王族も貴族も市民も、すべて……大地の塵《ちり》になるだけです」

ミリアンの正当な意見に、会議は不気味なほど静まり返った。

そこへ、中立の立場で意見を聞いていた王太子が沈黙を破った。

「ミリアン、私は、国王陛下より直接おまえから申し出があったと聞いた。この会議においてもなお、王女であるおまえを犠牲にしたくないと考え、他に手立てがないか考えていたのだが……この場で、おまえの意志に票を入れようと思う」

「お兄様……」

王太子が睫毛《まつげ》を伏せる。

「ミリアン……どうか……不甲斐《ふがい》ない兄を許してほしい」

肺を患っている兄の掠《かす》れた声に、ミリアンは胸を痛めながら、いいえ……と首を横に振る。

王太子や臣下たちは気に病んでいるが、すでに国王は覚悟を決めていた様子だった。もしも病に伏していなければ、国王から直々《じきじき》にミリアンは皇帝のもとへ嫁ぐよう命を受けていたかもしれない。兄の家族としての心配はありがたいが、これは当然の選択肢なのだ。王女として生まれた運命と受け止めなければならないこと。泣くのは心の中で……それでいい。

「これが私の務めですもの。愛する祖国のために尽くすことが何より私の使命であると……誇りに思っているわ」

ミリアンの考えは断固として変わらなかった。

祖国を守るためにかつて敵国であった国の王と結婚を決めた母も、きっとこの決断を認めてくれるだろう。昔からマティアス大陸は、戦争と侵略と、保身のための政略結婚を経て、いくつもの国が分裂と合併を繰り返すことで成り立ってきたのだ。ギースヴェルト帝国はそうして大きくなっていった。

とくにファンジール王、ルドルフ・ル・クレジオ＝ベアトリクス三世が皇帝に君臨してからというもの、帝国は大陸全土を支配するのではと危惧《きぐ》するほど凄《すさ》まじく勢力を伸ばしており、ベアトリクス三世はこれまでにない暴君と恐れられている。

大軍を有している帝国から戦争を仕掛けられれば、パラディンのような小国などひとたまりもないだろう。唯一の財源である鉱山を奪われたらおしまいだ。

たとえおとなしく属国となったところで国の者たちの身の安全や自由が約束されるわけではない。国王をはじめ王家の者たちは処刑されるかもしくは帝国の駒になるしかない未来が予想できる。

これまで戦争に反対し、中立の立場を貫いていたパラディン王国が急速に危機に直面することとなったのは、十五年前、同盟国であったグランテス王国が帝国の侵略によって滅亡し、パラディン王国が大陸の中で完全に孤立状態に陥ったからだった。

大陸の情勢が不安定な中、隣接している国も我が身を守るべく、国境では小競り合いが十数年続いている。陸だけでなく海の方も、いくつかの交易が断たれた。孤立化している国の内部情勢はかなり逼迫《ひっぱく》しており、侵略に屈することになるのは時間の問題だった。

燃え広がる火の如《ごと》く、それはきっと考えている以上に早く、目前に迫っている……とミリアンは危機を感じている。

小国など相手にならないほど力のあるギースヴェルト帝国がパラディン王国に未《いま》だ攻め入ってこないわけは、皮肉にも王国側の事情のためだった。

パラディン王国は現在、国王が重い病に伏《ふ》せっており、崩御も近いと噂されていた。その上、世継ぎとなる王太子が肺を患っており、子を残せないか弱い体質だ。不安要素が多くあるため、遅かれ早かれ国は混乱の末に果てるであろうから、軍事費を割いて攻め入る必要がないと考えられているらしい。

帝国はパラディン王国の内情を見越した上で、大地を踏み荒す必要もなく、従属するまでそう時間がかからないと判断しているのだろう。

もう一つ、帝国が踏み入ってこない理由がある。それは王女ミリアンの血筋だ。

ミリアンの母が二代前の皇帝フェリス一世の孫で、ミリアンが曾孫《ひまご》にあたるためだった。

フェリス一世はギースヴェルト帝国の礎《いしずえ》を築いた賢帝である。

ベアトリクス三世はフェリス一世から可愛がられ、多大な恩恵を受けていたと聞く。故にパラディン王国の侵略には慎重になっているらしい。

だからこそ、王女のこの身を盾に取引し、皇帝と政略結婚すれば、窮地から脱《ぬ》けることができるかもしれない――と、ミリアンは考えていた。

しかし会議はそれからも揉《も》めてしまい、臣下たちが口々に不安を洩《も》らしはじめ、収拾がつかなくなった。

「国王陛下の具合がよろしくない今、国家略取《りやくしゆ》を狙う周辺諸国の動きによりいっそう拍車がかかるのでは……？　皇帝陛下がどうお考えになっているか……。騙《だま》される可能性もあるのではないですか」

「王女殿下を盾にとられてしまったらどうするつもりだ。いっそ、こちら側が鉱山を交渉材料にし、帝国の庇護《ひご》を受けられるようにすべきでは？」

「帝国の庇護など甘いことを考えない方がよいでしょう。大軍が攻め入ってくれば交渉など意味がない。属国がどんな仕打ちに遭っているか……慎重に判断しなくてはなるまい」

諸外国が各々《おのおの》思惑を抱きながら動いている大陸の不安定な情勢を考え、裏切りや略取を恐れて消極的になっている。

いっそ王族の伝統や誇りを忘れ、帝国の庇護のもとに入った方がよいという意見もあるが、そうしたところで王国が存続できるかはわからない。

現に、ある国はギースヴェルト帝国の一部として取り込まれ、国王は処刑され、国の名前も政治も伝統も消えた。

パラディン王国もいつまでフェリス一世の恩恵にあやかれるかわからないだろう。

万が一、帝国軍が攻め入ってきて国が包囲されるようなことがあれば、軍事力のないこの小国に多くの血が流れ、国民は奴隷として従属するしかなくなるかもしれない。

また、臣下たちが心配しているように、完全に孤立状態にあるパラディン王国を狙う国が他にないとも限らない。

愛する祖国をよりよい方へ導くためには、自ら均衡を破り、先手を打つ必要があるだろう。

「私の考えは変わりません。これより使者に書簡を届けてもらい、帝国側から許可が下り次第、私は騎士団と共にファンジールに向かいます」

ミリアンの曇りなき瞳に、臣下たちはもはや反対はしなかった。それほど王女の決意が固いということが、気迫から伝わったからだ。

しかし、恋の一つも経験したことのない王女に、皇帝の心を捉《とら》えることができるかどうか――。

会議を終えたあと、ミリアンは中庭で女官からお茶を淹《い》れてもらい、ひと息ついた。

小鳥のさえずりや木々のざわめき、庭園に咲き誇る美しい薔薇《ばら》や果実やハーブが、心を癒してくれる。

城の中はおだやかな日常が流れていて、戦争や国家の危機などまるで無関係のようだ。

これが老宰相の言う、宿命というのなら違う気がする。王族貴族こそが誇りをもって動くことで救われることがあるのでは。

女官が去ったあと、ミリアンは皇帝ベアトリクス三世のことを考えていた。一度も会ったことがないから想像しようがない。

会議では殊勝なことを語ったミリアンも、中身は純情な乙女《おとめ》である。実際は身体の震えが止まらなくなるぐらい不安で怖い。

「大きなことを言ったけれど、好きになれないような相手だったらどうすれば。ううん、好きになれなくたって。相手はいくつもの国を亡ぼしてきた残虐《ざんぎゃく》な暴君よ……でも憎んではだめ。夫となる人なのだから……毅然《きぜん》としていなくちゃだめ。でも、まずは妃候補として気に入られなくては。一体どうしたらいいのかしら……いいえ、きっと気に入ってもらえるはずよ」

声の口調を変えながら、ミリアンが独り言をつぶやいていると、後方から力の抜けるような微笑が聞こえた。

視線を移さなくとも、声の主が誰かミリアンにはわかった。護衛として待機していたテオドールだ。

「どうして笑うの？　深刻なことなのに。独り言がそんなにおかしかったかしら？」

ミリアンが膨れた顔で振り返ると、テオドールは砕けた微笑《ほほえ》みを見せた。

「皇帝陛下を虜《とりこ》にしてみせると意気込んでいた姫様が、急にたよりない少女のように赤くなったり青くなったり……お一人で演技をされているかのようでしたので」

ミリアンが幼い頃から傍にいる信頼できる臣下で、兄よりも一緒にいる時間が長いテオドールにとっては、王女といえどいつまでも少女に映るのだろう。時々こうして姫様と昔の呼び方で揶揄《やゆ》して力の抜けるようなことを言ってくる。

「私は真剣なのよ」

「ええ。もちろんわかっています。痛いほどに……ですから、限られた時間を少しでもおだやかに過ごしていただきたいだけです」

彼は近衛兵以外に人がいないときにはこうして兄のような態度で接してくれる。それはミリアンにとって昔から居心地のいいものだった。

きっと今も深刻になりすぎないように、気遣ってくれたのだろう。

「……今まで結婚したがらなかった男性の心を捉えるにはどうしたらいいと思う？」

諸国の王族との政略結婚は昔から繰り返し行われてきたのだから、形式だけなら叶《かな》う可能性は十分にある。だが、それだけでは不十分で、臣下たちが心配していたように人質にされかねない。

皇帝陛下の気持ちをミリアンに向けることで、祖国に対する温情を期待したいところだ。

しかし、今まで結婚したがらなかった皇帝の心を摑《つか》むのは、並大抵のことではないかもしれない。

今のミリアンは妃候補の一人にすぎない。それも向こうから話があったわけではなく、こちらから立候補する状況だ。寵姫《ちょうき》となるだけでは意味がない。正妃にならなくては……それほど皇帝を魅了するような人物でなければならない。ミリアンの志は高かったが自分がそれほど魅力があるという自信はなかった。

「皇帝陛下は表向き、自分の弱点となりうるから女性を長らく傍に置かなかったようですが……実は別の理由があるという噂です」

「別の理由？」

ミリアンは不安になり、テオドールの表情をうかがった。

「ええ。皇帝の母であるファンジールの王妃は臣下と駆け落ちをし、彼方《かなた》の地で処刑されました。父王からは姦通《かんつう》の罪で処刑された女の子として蔑《さげす》まれ、また母から捨てられた子として育った彼は、女性と関《かか》わるのをひどく嫌っていたといいます。歴代の皇帝は寵姫を多く持っていましたが、ベアトリクス三世には一人もいません。また女性が犯した罪には容赦がないといいます」

「それほど女性が嫌いなら……花嫁候補を探すことにしたのは世継ぎが必要なだけで、妃個人には興味がない……ということよね」

そんな状態でどう気に入ってもらったらいいの……。

ミリアンは臣下が心配するのも無理はないと改めて思った。

「脅かすようなことを言って申し訳ありません。ただ、私はこう思うのです。もしも本気で愛する人ができたなら皇帝も変わるかもしれません。そうなれば、きっと愛する妻の祖国を潰《つぶ》すなどという考えは起こさないでしょう。愛は人を変えます。王女殿下にはそれができるはずだと私は思っているのです」

テオドールに勇気づけられるものの、同じだけ不安も迫《せ》り上がってくる。

「私のことがお気に召さなかったら……」

捕虜となり、暴君に虐殺される我が身を想像し、ミリアンはぞく、と身震いをした。

「お忘れかもしれませんが、王女殿下、諸国の王が口々におっしゃいました。あなたはこの大陸の美姫と呼ばれているお方ですよ。自信を持ってください。我々も王女殿下を命に代えてもお護りするように努めます」

テオドールの意思の強い瞳を見て、ミリアンも心を決める。

「最終手段はあるわ。妻になれなくても、できることがあるわ。そうしたら……子を授かって切っても切れない縁ができるかもしれないもの。私が人質になるのなら……こちらも交渉に使えるものを持っていなくてはならないわ」

ミリアンが決心したようにまっすぐな瞳を向けると、テオドールは憂いを帯びた瞳で彼女を見つめた。

二人の間に沈黙が訪れる。

もしも侵略の阻止を目的に妃になろうとしたことがわかれば、大罪に問われるかもしれない。子だけをとられ、ミリアンが殺害される可能性もないわけではない。命懸《いのちが》けの恐ろしい計画だ。

テオドールは険しい表情のまま跪《ひざまず》いた。

「我々は王女殿下が、必ずや皇帝陛下を魅了なさると信じています」

「もしも失敗したら、あなたが私を護って、助けてくれる？」

絶対的な信頼の瞳でミリアンが尋ねると、テオドールはやわらかく微笑み、敬意を込めた礼をとった。

「私は永遠にあなたにお仕えする忠実な騎士ですよ。昔も今もこれからも変わりありません」

そう言い、ミリアンの華奢《きゃしゃ》な白い手の甲に唇を寄せた。

彼はかつて滅ぼされた隣国、グランテス王国からこの国に流れ着き、恩を感じ王立騎士団に入って騎士となり、ミリアンの傍にずっといる。

「ええ。いつもありがとう……」

きっとミリアンが特別な想《おも》いを込めて伝えたことは彼には伝わらなかっただろう。

それから七日後――。

早馬の使者がギースヴェルトから書簡《しよかん》を持って帰ってきた。

無事に謁見の許可が下りたことを確認すると、ミリアンはさっそく騎士団と共に準備にとりかかった。

パラディン王国からファンジール王国の首都ディアナまでは長旅になるだろう。出立に備えて早く休まなければ……そう思えば思うほど不安で頭が冴《さ》えてきてしまい、その日の晩は結局一睡もできなかった。

当日、ミリアンは世話係の侍女と共に馬車に乗っていた。前方左右後方と囲い込むように護衛が多数ついていて、いつにないほどの厳重態勢だ。

それもそのはずだ。ミリアンにすべてが託されている。まずは何事もなくファンジールの地を踏まなくてはならないのだから。

一日がかりの移動となった夜、野営を張って身体を休めようとしたところ、険しい表情を浮かべた騎士の一人がミリアンの護衛についていたテオドールのもとへ報告に駆けつけた。

まさか敵襲に遭ったのかと不安を抱くが、こちらを振り返ったテオドールが口にしたのは意外な内容だった。

「ミリアン王女殿下、帝国軍から直々に迎えがあったようです。我が騎士団と合流し、ファンジールまで向かうようにと。ただ今、アングラード元帥閣下《げんすいかっか》が見え、王女殿下にお会いしたいとのことですが、よろしいでしょうか」

「帝国の……元帥閣下が直々に？」

途端に、ミリアンは身を強張《こわば》らせる。まさか軍を統括する元帥がこちらへ出向いてくるとは、ただごとではない。

テオドールはいちだんと声を潜《ひそ》めて言った。

「……今回の件、輿入《こしい》れ同様に重要視されている証拠でしょう。失礼のないようにされた方がよろしいかと」

「わかったわ。わざわざ迎えに来てくださったんですもの。こちらから丁重に挨拶《あいさつ》をしなくては」

「かしこまりました。では、王女殿下をアングラード元帥閣下のもとへお連れいたします。こちらへ――」

ミリアンがテオドールに続くと、数名の精鋭騎士たちがミリアンの護衛についてくる。

帝国軍の元帥が姿を見せたことで、先ほどに増して騎士たちが緊張に包まれているのが伝わってくる。ミリアンもまた不安を募らせた。

元帥がわざわざミリアンに会いたいというのは本当に挨拶のためだけだろうか。わざわざ迎えに来たということだが、追い返すためではないか。それとも、ミリアンを人質にとるつもりか。様々なことを短い時間の中で考えた。

一歩ずつ進むにつれ、鼓動が速まっていく。

——だめよ。怖がっては。ここで恐れていては目的を達成することはできないわ。

「アングラード元帥閣下、お話し中のところ失礼します」

テオドールの声に、兵と何か相談をしていた男がこちらを振り向いた。

銀色の髪をした……孤高の狼《おおかみ》のような美しい男に息を吞《の》む。

風に吹かれ、剣の色にも似た硬質な輝きをした銀色の長髪が、さらりと背に垂れていく。

凛々《りり》しい面立ちをした男の紺碧の瞳と目が合い、ドキンと心臓が跳ねる。

「我が国のミリアン王女殿下です」

紹介されてミリアンは礼をとるが、言葉よりも早く、彼の風貌《ふうぼう》に心を奪われた。

アングラード元帥閣下その人は、小柄なミリアンが見上げるほどに身長が高く、勲章《くんしょう》や略綬をまとった軍服の上からでも鍛えられた体軀《たいく》をしていることがうかがえるが、けして粗野な印象ではなく、しなやかな細身の身体に筋肉がついた感じがする。彼ほど美しいと思わせる男性には出逢《であ》ったことがない。

そして、彼こそが皇帝なのではないかと思わせられるほど、気高い獅子《しし》のような麗しい品格があった。

「お初にお目にかかります。ミリアン王女殿下。ヴァレリー・アングラードと申します。以後、お見知りおきいただければ幸いです」

よく通る低い声は、心の中の蟠《わだかま》りさえも掴みとるような重厚感があった。微笑を浮かべた彼の、夜の海を映したような紺碧の瞳に魅入られ、ミリアンの鼓動はさらに大きく音を立てる。

――なんて存在感のある人なの。この方がギースヴェルト帝国の元帥閣下……。

怯《ひる》んではいけない、とミリアンは王女の威厳を損なわぬようにゆったりと構え、丁重に感謝を述べた。

「アングラード元帥閣下。私共のためにわざわざ迎えに来てくださり、王女として心より深く感謝を申し上げます」

「ミリアン王女殿下、貴方《あなた》は我が皇帝陛下の大切な妃候補なのですから、我々も貴方を全力でお護りしなくてはなりません。しかし……まさかこれほどまでに可愛《かわい》らしい方だとは……我が陛下もさぞ驚くことでしょう。特に貴方の瞳はまるで宝石のように澄んでいて美しい」

ヴァレリーはまるで睦言《むつごと》のように囁《ささや》いて、ミリアンの左手にくちづけ、麗しい眼差《まなざ》しを向けてくる。

褒めてくれた彼の言葉には、社交辞令というより、女性としての品定めの意味があるよう

な気がしたのは気のせいだろうか。夜空に瞬《またた》く星のような紺碧の瞳に当てられ、ミリアンの頰《ほお》に熱が走った。

久しぶりに感じた体温の上昇にミリアンは戸惑い、鼓動の速まりと動揺を隠しきれなかった。

へんよ、私……男性に褒められることなど、今までだってなかったわけじゃないのに。たとえば兄である王太子や近衛隊長であるテオドールからだってある。しかし彼の前ではまた違った。

目を細めるようにおだやかな微笑みを浮かべたヴァレリーを見て、なぜかわからないが、胸の奥にじんと懐かしさが込み上げてくるのを感じた。

なんなのかしら。この気持ち……どこかで感じたような気がする。どこで……いつ？

詳しく思い出せない。

それなのに、胸の奥がきゅっと締めつけられるは、なぜ……？

うずうずともどかしい想いを抱きながら彼を見つめるが、だからといって答えが出るわけでもなかった。

ヴァレリーもまたミリアンに魅入られたように視線を逸《そ》らさない。

手をなかなか離そうとしないヴァレリーに戸惑い、ミリアンは小さな声で訴える。

「あの、どうか手を……」

我に返ったヴァレリーが控えめに微笑んで、すっと手を離した。

「失礼しました。あまりにもお美しいので心を奪われてしまいました」

何気ない社交辞令なのに、胸がまだドキドキしている。

「ミリアン王女殿下、今夜はお疲れでしょうから、ゆっくりとおやすみください。我々は騎士団の方たちと協力して護衛につかせていただきます。明日の夕刻まではファンジールの首都ディアナに到着するでしょう」

「心強い限りですわ。お言葉に甘えてそうさせていただきます」

ミリアンは恭《うやうや》しく礼をとって、再びテオドールをはじめとする騎士に囲まれ、野営の場所に戻った。

胸の高鳴りが収まらない。帝国軍の存在を目の当たりにしたからかもしれない。

――怖くないわ。大丈夫よ。きっとうまくいくわ。

呪文《じゅもん》のように唱えながらミリアンは身体を休めようとするのだが、やはり不安で眠れなかった。どうにか何事もなく夜が明けたことだけでもホッとする。

騎士団たちの護衛があったからなのはもちろんだが、一晩無事でいられたのは帝国側の手厚い護りがあったからだ。今回ばかりは感謝しなくてはならない。

ミリアンは朝焼けを眺めながら安堵《あんど》のため息をつく。

夜は好きではない。朝と夜では大地の顔も全然違って見え、夕刻を迎える頃になると、急に孤独を感じてしまうから……。

時々、夜がこのまま明けないのでは……とか、今目を瞑《つぶ》ったらまた朝陽を見られるのだろうか、とか、漠然とした不安が常につきまとうのだ。

——大丈夫。私は生きている。ううん、生きなくちゃならないのよ。祖国のためにも……自分自身のためにも。

一行は白々と空が明るくなってきた頃に出立した。

ヴァレリーが言っていた通り、その日の夕刻のうちにファンジール王国に入った。首都ディアナまで、あと少しだ。目と鼻の先に要塞《ようさい》のような重厚な城が見える。

城に辿《たど》り着くまでの道は、豊かな自然に恵まれていた。滅びた国を視察で目にしているだけに、同様の殺伐《さつばつ》とした風景を思い描いていたミリアンだったが、皆がおだやかに暮らしている様子に、肩透かしを食わされた気分だった。

——帝国の噂と実情はまた異なるものなのかしら。

とすると、皇帝の噂も事実とは違うのではないだろうかと期待しそうになる。

——決めたもの。私は皇帝陛下の花嫁になるのよ。それまでここから帰らないわ。

渓流にかけられた橋を渡り、重厚な城を見上げ、ミリアンはこくりと喉《のど》を鳴らすのだった。

◆2 元帥閣下に奪われて

城内に入り、騎馬隊は専用の出入口に向かって馬を誘導し、馬車を降りたミリアンは近衛隊や侍女と共に宮殿の中へ進んだ。

ミリアンとしてはこれからすぐにでも皇帝に謁見を申し込みたかったが、どうやらそれは叶わないらしかった。

侍従たちの落ち着きない様子に、ミリアンは訝《いぶか》しむ。こちらをしきりに意識している様子だ。

まさかこの地に到着までして会いたくないなどと言われるのでは……と心配する。いや、絶対になんとしても会わなければならない。

時間が過ぎていくにつれて焦りが生まれる中、侍従の一人からしばらく応接間にて待つように言い渡された。

ミリアンはゴブラン織りのソファに腰を下ろし、凜とした姿勢を崩すことなくじっと緊張に耐えていた。

しばらく待つと、燕尾服《えんびふく》を着た壮齢の男が忙《せわ》しなく現れ、手巾《ハンカチ》で額の汗を拭《ぬぐ》いながら慌てて礼をとった。

「ようこそおいでくださいました。私は秘書官のノルディオンス・ベルガーと申します」

「お初にお目にかかります。ベルガーさん」

ミリアンも立ち上がり、腰をすっと落として丁寧に礼をとった。

「ミリアン王女殿下、このたびはお待たせしておりまして申し訳ありません。実は、皇帝陛下より言伝《ことづて》がございまして……今晩はお疲れでしょうから、ゆっくりとおやすみになられて、明日また改めてミリアン王女殿下にお会いしたいとのことです」

ミリアンは失礼を承知でため息をついた。

今すぐにも押しかけたい気持ちで二日間の移動を耐えていたのだ。直前で謁見の機会を失い、悶々《もんもん》とした気持ちになる。けれど、皇帝が旅疲れの客人に配慮してくれたのだからここは感謝しなくてはならないだろう。

「……わかりました。たしかにこの時間ですし……陛下も政務でお忙しいところお疲れかと思いますわ。明日改めてお会いできるのを楽しみにしています」

「王女殿下、どうかお気を悪くなさらないでくださいませ」

ミリアンの鬼気迫る様子が伝わってしまったのか、申し訳ないことです、とノルディオンスが頭を下げる。

「とんでもありません。今夜はおっしゃる通り、お言葉に甘えさせていただきますわ」

「ええ、もちろんですとも。では、ご一行様、お部屋に案内させていただきますので、こちらにどうぞ」

ノルディオンスが扉を開くと、侍女が数名待機していた。ミリアンの世話係は自国から侍女が来ているので、彼女たちは騎士団の接待係としてついてくれるらしい。

部屋に案内されたあとは、食堂《ダイニング・ルーム》で夕食のもてなしを受けた。その後、護衛についている騎士たちも交代で休憩に入り、与えられた部屋で休んでいる。束の間《つかのま》の休息だ。

ミリアンは侍女ジゼルに湯あみを手伝ってもらっていた。あたたかい湯に浸《つ》かった身体の水滴を丁寧にふきとってもらい髪に櫛《くし》を通されると、鬱屈《うっくつ》としていた気分が少し楽になった。

「長旅、さぞお疲れになったことでしょう。具合が悪いところがございましたら、おっしゃってくださいね」

「ありがとう、ジゼル。身体は平気よ。気持ちは鉛《なまり》のように重たいけれど……ここまで来られたのだもの。しっかりしなくちゃ」

ミリアンは素直に告げた。

「ミリアン王女様……」

ジゼルはミリアンの乳姉妹であり、気心の知れた仲である。重たい責務を抱えている今のミリアンにとって、彼女の存在は心強かった。

ジゼルといるときだけはつい本音を話してしまう。

「皇帝陛下はどんな方なのかしら……」

「きっとミリアン王女様のお美しい姿に心を奪われ、大切にしてくださるに違いありません。さあ、次はお着替えをお手伝いいたします」

肌に触れる夜着のシフォン素材のやわらかな感触を味わい、ようやくホッと息をつく。

侍女は片づけを済ませたら部屋を出ていく決まりだ。本音では心細いから一緒にいてほしかったが、慣習として使用人は主《あるじ》と同室で休むわけにはいかない。

「ミリアン王女様、部屋の外にも窓の外にも、護衛がたくさんついていますから、どうかご安心くださいませ。何か困ったことがあれば、私もすぐに飛んできますわ」

励ますようにジゼルは言った。

「……ええ。心細いなんて今さら思ったらいけないわね。私が望んだことだもの」

ジゼルがなんと言ったらいいかわからない顔をする。彼女もミリアンが皇帝の妻となろうとしていることを複雑に思っているのだろう。

「ジゼル、いいの。あなたは行ってちょうだい。馬車の中では眠れなかったから、今夜は早く眠ることにするわ。皇帝陛下に寝不足の顔を見せられないもの」

心配させないようにミリアンはおどけてみせる。後ろ髪引かれるような顔をしたあとジゼルは頭を下げた。

「かしこまりました。では、私はこれにて失礼させていただきます」

「ええ。あなたもゆっくり休んで」

「お気遣いありがとうございます、王女様」

ジゼルが礼を言って退室したあと、扉の向こうにテオドールの話し声が聞こえ、ミリアンはホッとする。

テオドールが護衛についてくれている。騎士団たちが傍にいる。怖いものは何もない。明日きちんと皇帝に会える。そして……見初《みそ》めてもらうのよ。

ミリアンはそう唱えながら、不意にヴァレリーのことを思い浮かべた。

彼は帝国軍を統率している元帥という身分。前線に出るよりも指揮をとる役割を担う彼が、わざわざ迎えの軍を率いてやってきたということが、ミリアンには引っかかっていた。

そして、手の甲への長いキスや、熱い眼差し——まさか、品定めをするつもりだったのかしら……？

鋭い剣のごとく煌めく銀の長髪、夜を映すような静かな紺碧の瞳、そこはかとなく色香の漂う微笑、均整のとれた逞《たくま》しい体軀——。

一目で心を奪われてから、彼という麗しい存在がミリアンには闇夜に瞬く星のように輝いて見えた。

心がざわつく。

彼に感じた不思議な気持ちが、靄《もや》がかかっていつまでも晴れない。この感情がなんなのかはわからないけれど、一人の男性に対してこんな不安定に揺れる気持ちになるのは生まれて初めてのことだった。


護衛は数時間おきに交代に入る。そのときは必ずノックの音が聞こえ、騎士が交代することを告げるのだが、深夜の交代がいつだったか曖昧《あいまい》なまま、いつのまにかミリアンは眠りに入っていた。

ふと、部屋のすぐ外から物騒な物音がするのが聞こえ、ミリアンはパッと目を覚ました。

誰かのうめき声、何かが倒れる音。金属が落下したような音までする。

……何？　何が起きているの。

ミリアンは慌ててベッドから身を起こし、扉の向こう側に耳をそばだてた。

様子をうかがおうと扉に手をついたその時、扉がなんの予告もなしに開いた。

突然、黒い仮面をかぶった男が押し入ってきて、ミリアンは恐怖のあまり悲鳴を上げようとした——が、男の大きな手に口を塞《ふさ》がれてしまい身動きできなくなる。

ミリアンは恐怖のあまり必死にもがくが、余計に苦しくなるばかりで男の顔が見えない。

開かれた扉の外に目をやると、護衛についていた騎士が剣を握りしめたまま血を流して倒れていた。

不気味な物音の正体はこれだ。

騎士はテオドールではない、交代した別の若い騎士だ。

……こんなところで私は命を奪われるわけにはいかないのに。

「……っ」

ミリアンは髪を振り乱しながら男から離れようと試みた。男の身体から麝香《じゃこう》の香りがふわりと鼻腔《びこう》を掠めたときには、もうすでに意識が消失していた。


ゆらゆらと身体が揺れている。

馬車の中か。

海の上なのか。

それとも、遠い異国の地か——。

ゆったりとした足音が近づいてくるのが聞こえ、ミリアンは重たい瞼《まぶた》をそっと開く。

頭が重たく視界がかすんではっきりしない。

(私、たしか……男に……)

記憶を辿ろうとするが、口を塞がれたところまでしか思い出せない。

ミリアンは周りを見回した。さっきまで寝ていた場所と違う。意趣を凝らした天蓋《てんがい》つきのベッドは、王族が住まう部屋の設《しつら》えと同じだけ立派で、金糸銀糸のあしらわれたレースのカーテンの隙間《すきま》から、薄暗い部屋の様子がうかがえる。

かろうじて窓辺から月明かりが入るぐらいで灯《あか》りは一つもついていない。

すうっと隙間風に肌を撫でられ、ゾクリとする。

身体を起こしてみるものの腕に力が入らない。痛めたわけではないが痺《しび》れているようだった。

……ここはどこなの。騎士たちはどうしているの?

そして、一体どれくらい時間が経過しているのだろうか。

「──そろそろお目覚めのようですね」

朦朧《もうろう》とする意識の中で、男のおだやかな声が響いてくる。

ミリアンはハッとして目を凝らした。

「あなたは誰なの……」

男はゆったりとした歩調でやってくる。暗がりの中からだんだんとその姿が見えてくる。

ミリアンは信じがたい想いで息を呑んだ。

なぜなら、男は帝国の元帥ヴァレリー・アングラードだったからだ。

「どうして……あなたが……」

紺碧の瞳に冷たく見下ろされ、喉の奥が震える。

「貴方に対してはまだ……そう手荒なことはしていないはずですよ。我が帝国にとって大切な客人ですから」

ヴァレリーはそう言い、ミリアンの顎《あご》を強引に摑んできた。

「あっ……」

彼の銀の髪がさらりとミリアンの頰にかかって彼の影になる。顎に添えられていた彼の武骨な指先が、無垢《むく》な唇を淫《みだ》らな動きでなぞり、あまつさえぐっとこじ開けようとする。まるで身体を拓《ひら》かれるのではないかと思う怖さだった。

「ん、やっ……」

「思った通り、貴方はいい声で啼《な》く金糸雀ですね。ますます興味がわきましたよ、ミリアン王女殿下」

ミリアンの金糸雀色の髪を揶揄して言ったのかもしれない。ヴァレリーの今にも牙《きば》を剝《む》きそうな獣のような瞳にぞくっとする。

「アングラード……元帥閣下。私を……閉じこめて一体どうなさる……おつもりなのですか」

「これから貴方の身体を厳重に検査させていただきます。そのためにこちらにお連れしました」

至極当然のようにヴァレリーが言う。

「検査ですって……？」

ミリアンは思わず眉を顰《ひそ》めた。

「ええ。妃候補の貴方が信用に値する女性か否かを見極めさせていただくのです」

ヴァレリーの獰猛《どうもう》な視線がドレス越しに素肌をなぞっていくのを感じて、ミリアンは身を強張らせた。

「騎士や侍女たちは……どうしたのですか」

倒れていた騎士は無事だろうか。気を失っているだけだといい。テオドールはどうしているのだろうか。侍女のジゼルは——。

するとヴァレリーが喉の奥で豪胆に笑った。

「この期に及んで、我が身よりも臣下たちを気にするのですか？　実に見上げた心がけだ。これはこれは感心なことですね」

「何がおかしいのですか。王女として心配するのは当然のことです」

敬意を払うことすら忘れて語気を荒らげると、ヴァレリーがミリアンの肩をぐいっとベッドの方に沈め、のしかかってきた。

「きゃっ……何をっ」

ヴァレリーに覆いかぶさられ、ベッドが二人の重みで軋《きし》む。男の大きな身体に組み伏せられ、自由を奪われたミリアンは恐怖のあまり叫んだ。

「いやっ……私から離れて……！」

「いいえ。そういうわけにはいきませんよ。私は、これからあなたをしばらく監視させていただきます。これは皇帝陛下の命でもあるのです」

「陛下が……」

愕然《がくぜん》として言葉を失った。やはりそこまで皇帝は女性を信頼していないということなのか。

「部屋の外に私が検査を行ったことを証明するための立会人が控えていますから、あなたが逃げ出せばすぐにでも嫌疑がかけられますよ。これは決まりなのです。おとなしく従ってください」

冷酷な碧《あお》い瞳が、ミリアンを捉えて離さない。

身体検査、監視、立会人――彼から言われた言葉が、断片的に脳裏を駆け抜ける。

「そんな……何を検査するというの」

「私が貴方の身体の隅々を確かめます」

ミリアンの顔から血の気が引く。

「いやよ、こんなのおかしいわ。陛下に伝えて。私は友好的に話をしたいのだと」

「友好的に、ですか」

疑いの目を向けられ、ミリアンはキッと睨《にら》みつけた。

「そうよ。臣下にこんなことをさせるなんて、間違っているわ」

「決まりなのですから、仕方ありません」

ヴァレリーは冷たくそう言い、さらにミリアンに密着する。彼の逞しく鍛えられた体躯にずっしりと覆いかぶさられ、両腕をそれぞれ武骨な手で押さえつけられ、身動《みじろ》ぎ一つできない。声を張り上げるほかにミリアンには為《な》す術《すべ》がなかった。

「……教えて。騎士団のみんなや侍女たちはどうしているの？」

「ご安心ください。騎士団の方たちは皆無事ですよ。さすが精鋭部隊……よい人材を揃《そろ》えましたね。おかげで言うことをきかなかったもので多少手荒な真似《まね》をしてしまいましたが、今は……おとなしく牢屋《ろうや》の中でしょうか」

口端を上げて、ヴァレリーは言った。ミリアンの顔から血の気が引く。

「最初から信頼されていなかったのですね。迎えに来た時点で私たちは……」

足元を見られていたに違いない。

ミリアンは喉まで込み上げてきた言葉を呑み込み、悔しくて唇を噛《か》んだ。

「貴国からの書面にはたしかに友好的に話を……とありましたね。また、ミリアン王女殿下が我が皇帝陛下の妃候補として参りたい、と。我々は貴方の申し出を前向きに受け入れ、迎えに参りました。しかし王女殿下、貴方には何か特別なお考えがある様子です」

ヴァレリーの観察するような視線と含みを孕《はら》んだ声に、ミリアンの肩がぎくりと強張る。

「私の目はごまかせませんよ。貴方は王女の務めとして皇帝陛下に……妃になるためにこの無垢な身を差し出そうと考えていたのではないですか？」

そう言いながら、ヴァレリーはミリアンの白い首筋をつうっとなぞり上げる。恐怖と羞恥《しゅうち》、その相まった感情に混乱しそうになる。

「……っ……私は、妃候補として……こちらに参りました。友好的にお話を聞いていただきたかっただけです」

訥々《とつとつ》と答えるミリアンの唇が震える。しかし、そこから先はすんなりと言葉にならなかった。ミリアンの中に多少なりの他意があったのは事実だからだ。

「ええ。ですから妃候補としての信頼が欲しいのならば、ここでしっかり私の検査を受けることです。まずはその唇から……念入りに調べましょうか」

ヴァレリーの銀の長髪がさらりと胸元にかかり、彼の顔が唇の触れそうな距離まで近づいてくる。彼の嗜虐的《しぎゃくてき》かつ冷酷な視線に射貫《いぬ》かれ、ミリアンはとっさに顔を逸らした。

怖い……。

瞼をぎゅっと閉じて、唇を噛みしめようとした。だが、彼の武骨な手の方が早く頤《おとがい》を摑んで、それを許さなかった。

「さあ、おとなしく差し出しなさい」

「や、……んっ……！」

乙女の無垢な唇はついに男の端整な唇に塞がれ、恐怖と戸惑いで喘《あえ》いだ拍子に、熱い吐息が吹き込まれ、ミリアンはびくりと肩を震わせた。さらに無防備な口腔《こうこう》内に彼の濡《ぬ》れた舌が入ってきて中を探るように蠢《うごめ》く。

――こんなこと……解せないわ。ギースヴェルト帝国の臣下であるこの人に。

「ん、……ぅ、……！」

初めて体感する感触だった。男の薄い唇や、熱い吐息、濡れた舌の感触も。まだ誰にも許したことのない場所へ、侵入されてしまう。ねとねとと生暖かい舌が無遠慮に舌を絡めてきて、ミリアンは呼吸の仕方がわからなくなりそうなほど混乱した。

――身体の隅々まで検査するなんて……これ以上のことを、どうするというの。

息継ぎをするまもなく、彼の舌がミリアンの舌を舐《ねぶ》り、唾液《だえき》を絡めてくる。さらに上顎をなぞられ歯列を確かめるように舌が這《は》わされ、本当に余すところなく調べられているようだ。

「ん、ん、……っっ」

初めて奪われてしまったくちづけにぞくぞくと戦慄《わなな》きながら身をよじり、必死に逃れようとかぶりを振るが、強く押しつけるように唇を貪《むさぼ》られたのでは、求められるまま応じるしかなかった。

恐怖と戸惑いで応じていたくちづけが、やがて舌が絡められるたび、びくんと下腹部が甘く引《ひ》き攣《つ》れる感覚を与えてきて、ミリアンは自分が一体どうなってしまったのか、ますます怖くなった。調べられるだけでなく、彼に操られているかのようだ。

「んんっ……」

これ以上はやめてほしい。おかしくなってしまう。私が私じゃなくなってしまうわ……いやよ。

屈服しろと言わんばかりのヴァレリーの巧みな舌戯に、ミリアンの身体はだんだんと熱く火照《ほて》り、背中がじっとりとするほど熱くなってきてしまった。

……どうして。いや……なのに。この感覚はなんなの……。

勝手に身体が順応しているのだと思うと、浅ましい自分の身体さえも憎くなる。混乱から逃れて酸素を乞《こ》うようにヴァレリーの胸を必死に押し上げると、ようやく口腔から彼の舌がぬるりと抜かれた。

「……はぁ、……っ……っ……」

互いの唾液の残滓《ざんし》が唇につっとまとわりつき、目の前に見える彼の濡れた唇がひどく扇情的だ。ヴァレリーの目元にはえもいわれぬ色香が漂っている。今にも獲物を食らおうとする情欲に満ちた雄《おす》の表情だ。

「これは……男を惑わすいけない唇のようですね。無垢なふりをして……あなたは何を隠しているのでしょう」

ヴァレリーは声を潜めるようにして囁き、ミリアンの耳朶《みみたぶ》を唇に挟んだ。ぬめぬめと卑猥《ひわい》な水音が耳を弄《ろう》し、ぞくんと背筋が震えた。

「……あっ……だめ、……なにも、ないわ……っ……」

「何も？　そんな甘い声を出して……男を誘う術を知っているのでしょう？」

濡れた唇がちゅうっと音を立てる。

「ん、あっ」

さらに熱い吐息を耳孔《じこう》に吹きかけられ、甘美な刺激にぞくんと身震いが走る。思わず顎を突き上げた拍子に、彼の唇は無防備な白い喉に食らいついた。

「あ、……ぁ、っ……」

このままでは食べられてしまう……恐怖に戦慄く身体の奥に、なぜか甘い蜜《みつ》が迸《ほとばし》る。その不思議な現象がますます無知なミリアンを混乱に陥れた。

「ああ、匂《にお》い立つような甘い香り……。これは……もっと詳しく検査をしなくてはなりませんね」

尖《とが》った舌先がミリアンのやわな肌を卑猥な動きでくすぐってきて、獣が肉を剝《は》ぐかのように皮膚を吸われ、恐怖と情動とがまざった甘美な愉悦が、無垢なミリアンを支配しようとする。

　このままでは彼の手管に堕《お》ちてしまう――！

　ミリアンはたまらず少女のように哀願した。

「いや、いやよ……やめてっ……私の身体には……何もないわ……貴方に触れられる筋合いはないわっ……！」

　いやいやと抗《あらが》っている間にも、ヴァレリーの濡れた舌はミリアンの鎖骨から胸の膨らみへと下りてきていた。そして彼の手が薄いドレスの布越しにぷつりと膨れ上がった乳房の先をつうっとなぞり上げてくる。鋭利な針にでも刺されたかのような衝撃と共に甘美な快楽に襲われ、ミリアンは背中を仰《の》け反《ぞ》らせ、必死につま先でリネンを蹴《け》った。

「あっ……ぁあっ……やめて、さわら、ない……でっ」

　コルセットを身に着けていない夜着の上で、小さな形を露《あら》わにしていた粒がさらに隆起し、男の指にきゅっと挟まれ、ミリアンはたまらず腰を浮かせる。

「ああっ……そこに触れないでっ……」

「なぜです？　この中にやましいものでも？」

　布越しにこりこりと擦《こす》りつけるように頂《いただき》を嬲《なぶ》られ、ぎゅっときつく摘《つ》ままれる。

「ひっ……ぁあっ……やましいものなんて、ないわ……」

　ヴァレリーは一向にやめない。物珍しい果実を愛《め》でるかのように指を這わせ、執拗《しつよう》に指の腹で挟んだり転がしたりしてミリアンの様子を眺めながら弄《もてあそ》ぶ。さらに舌先でツンと突起を弾《はじ》いた。

「あん！」

「この硬いものはなんです」

「は、ん、しら、ないわ……ぁ、……やめ、……て」

「知らない？　貴方が身につけているものでしょう？　私に確かめろと言うんですか」

「ちがうわ……女性の……身体の一部よ……わかっているでしょう？」

涙が滲《にじ》んだ視界の中に、満足げに見下ろすヴァレリーの様子がちらちらと見えて、ミリアンは屈辱で唇を噛んだ。

――私は皇帝陛下の妃にならなくてはいけないのに。

「ですから、なぜここが疼《うず》くのです？」

「それは……」

ヴァレリーが指で摘まみ、舌でねっとりと舐《な》めるからだ。何かを入れているからではない。どうしてそうされると快感のようなものが滲み出すのかも、ミリアンにはわからない。

「説得力がなくなってきましたね。蕩《とろ》けそうな声で懇願されたら、いつまでも気がかりでやめられませんよ」

そう言い、ヴァレリーは布ごと頂をちゅうっと吸い上げる。

「んんっ……」

腰を浮かせた拍子にぶるりと胸が震え、皮肉にもヴァレリーの唇に深く押しつける格好になってしまう。

「もっと調べられたいのですか。潔白を証明したいのでしょう。ならば丁寧に調べましょう」

舌で乳輪をなぞられ、ミリアンはびくびくと腰を揺らした。

「やあ、っ違うわっ」

ミリアンの胸の先は硬く隆起し、布越しに舐られたせいでうっすらと赤く滲んでいる。執拗に弄《いじ》られるたびに、胸の中に甘い痺れが広がって、やるせないため息がこぼれる。

「もう、……そこは……いじら、ないでっ……」

ヴァレリーの指の腹に力が入るたび喘いでしまうミリアンを見下ろし、彼は楽しげに口端を歪《ゆが》めた。

「……ああ、困った王女様ですね。指で擦って、肌に舌をこうして這わせただけで、こんなに感じてしまわれて……その上、愛らしい声……。あなたを完全に拓いたら、どんなふうに啼いてもらえるんでしょうか。もっと美しい声が聴けるでしょうか。楽しみですね」

青ざめるミリアンをよそに、ヴァレリーは喉の奥で豪胆に笑いながら夜着用のドレスを脱がせようとする。見られたくないし悟られたくない。彼に奪われて感じてしまっている身体など。

「……いやっ……」

ミリアンは必死に仰け反って、ヴァレリーの肩や腕を撥《は》ね除《の》けようとするが、長年にわたって鍛え上げられてきたであろう立派な体躯は頑丈すぎて、びくともしなかった。

「や、だめ……っ……やめてっ……！」

必死の抵抗もむなしく、ドレスは簡単に肩から胸元までずり下ろされ、薄桃色の布地から豊満な白い膨らみがあっけなく暴かれてしまった。

「これは……想像以上に美しい。淡雪のようななめらかな肌に、薄紅色の花が咲いていますよ」

絹のようになめらかな肌に、うっすらと色づく薄紅色の頂きが、荒らげた呼吸に合わせて物憂げに揺れる。ヴァレリーに舐められたせいで艶《つや》やかに濡れたそこはとても淫らだった。

「なんて淫らな身体なんでしょう」

今まさにミリアンが感じていたことを口にされ、かあっと燃えるように身体が熱くなる。惚《ほ》れ惚《ぼ》れと舐め回すように見られては、いたたまれなかった。

「……み、ないで……」

「まだ発展途上でしょうか。実にあどけなくて可愛らしいものですね。ですが……十分、男を惑わす武器になるでしょう。さあ、確かめてみましょうか」

男の手が無遠慮に白い膨らみを捉え、指先で転がすように動かした。

「あ、……っ……いやっ……触らないで」

「ここはもっと色づくでしょうか。こうして舐めていたら……」

ヴァレリーは聞く耳を持たずに、もう片側の尖端《とったん》に咲く薄桃色の蕾《つぼみ》をひと思いに食《は》んだ。

じゅうっと吸われて腰が跳ねる。

「ひゃ、ぁ、……ん」

濡れた粘膜が胸の先端を包み込み、ねっとりと熱くぬるついた舌が乳輪まで広げるようにまとわりついてくる。舌を縦横無尽に這わされるたびに蕾は充血して赤く尖り、ますます敏感になってしまう。

「あっあぁ……！」

ぴちゃ、くちゅ、と獣が肉を貪るような音が耳を弄し、ミリアンに恐怖と官能と相反した感覚を与えてくる。

「……ん、どこかが潤ってきたのではないですか？」

揶揄するような声で、ヴァレリーが吸いついてくる。

「ん、ぁっ……」

「吸われるのと噛まれるのはどちらがお好みですか？」

「どっちも、……やっ」

「……そう、どちらもお好きなのですか。では交互にしてあげましょうか」

そう言い、ヴァレリーは舐めしゃぶっていた突起を甘く噛んで、吸って、言葉通りに交互にしはじめた。

「あ、あ、っ……やめて、……いや、……あっ……」

歯が当たるところが敏感になり、続いてそこを吸われると途方に暮れそうなほどの喜悦が腹の底から込み上げてくる。じゅん、と腰の奥が疼いて、潤んでいく感覚が走った。

ぴちゃ、と音が立って、耳まで弄《ろう》する。

怖いのに気持ちいいなんてどうかしている。身勝手にまさぐられて奪われているのに、こんなふうに感じるのを今すぐにやめなくては……そう思うのに、ヴァレリーの熱い吐息がかかり、その上を濡れた舌が通っていくのが心地よく、頑《かたく》なに拒絶する脳が蕩けてしまいそうになる。まるで自分が自分ではなくなって溶けてしまうのではないかと思った。

「……あ、ぁっ……やめ、……やっ……」

我を失わないようにかぶりを振って必死に懇願した。しかし金糸雀色の髪がはらはらと震えるだけで、身体は自由を許されなかった。

ヴァレリーの大きな手に摑まれた双乳は柔軟に揉みしだかれ、彼の口戯によって硬く隆起しはじめた尖端は、指の腹で擦り合わせるように潰されてしまう。

「ん、ぅんっ……だめ、……」

「ずいぶんいい色になってきましたね。舌で舐められるのが相当お好きのようです。淫らな王女様。指では物足りませんか？　腰が動いてしまっていますよ。次に検査しなくてはならない場所はそこですか？」

「ん、あ、っ……ぅ……ちが、……うもの……」

ミリアンはしゃくり上げるかのように肩をびくびくと揺らす。されていることから必死に意識を逸らしながら身を捩るが、初めて体感する気持ちいいという感覚に戸惑い、泣きたくなってきてしまった。ヴァレリーは屈服しろと言わんばかりに次々に未知の快楽を与えてくる。支配されてはいけないと必死に意識を逸らすが、それも気ばかりでは限界だった。

好きにさせてはいけないわ。この男の手に落ちてはだめ。これは検査なのよ。じっとこらえて終わらせればいい。けれど、いつ……終わるというのだろう。このまま皇帝の臣下であるこの男に拷問のようにいたぶられ、最後に純潔を奪われてしまうのだろうか。

身体の隅々……と言っていたヴァレリーの言葉が、ミリアンを窮地に追いつめる。

「貴方の顔立ちはまだあどけなさがあるというのに、とてもいやらしい顔をするのですね。ここも淫らに赤く滲んで硬く張りつめている。さあ、同時に触られて舐められると二倍気持ちいいでしょう？」

左の胸の突起を指で摘まんでこりこりと擦られ、右の胸の尖りを生暖かい舌に転がされ、二重の快感によって下腹部に熱いものが滴っていく。

「あ、ぁっ……いやっ……しないで……っ」

隆起した赤い粒を執拗に舐られ、血を啜《すす》るかのように激しく吸引されると、途方に暮れるような甘い愉悦に苛《さいな》まれ、たまらず足をばたつかせる。

「あ、ぁ、っ……や、……ぁ、っ……だめ、なの……舐めっないで……」

「どうしてですか？　こんなにも舐めてほしい……と、震えているのに、やましいものでも隠しているのですか？　まさかこの中に？」

傲慢《ごうまん》な男の手がやわらかな乳房を堪能《たんのう》しながら、張りつめた尖端を甘噛みする。

「ひっぁ……あっ……やめ、……て、……っ……そんな、わけ……ないものっ」

「もうわかっているでしょう？　いやなのではない。あなたは感じているのですよ。検査をされてここまで淫らに感じる女性は初めてですよ」

ミリアンはかぁっと頬を熱くさせた。ヴァレリーの言う通りだった。

こんな嗜虐的なことを快感だと認識してはいけない。それなのに、ヴァレリーの唇や舌が這わされるたび、身体の奥が期待に戦慄き、触れられたところから蕩けるほど感じて、屈服してしまいそうになるのだ。

どうしたら感じるのをやめられるの……？　それを知りたくば、目の前の男に縋《すが》るしかない。だが、目の前の男が、ミリアンをこれほどまでに乱しているのだ。

「こんな……辱めは……やめて。検査じゃないわ……こんなのは拷問よ」

そう、妃候補として来ている王女にするような行為ではない。こんなことは間違っている。

「いいえ、検査ですよ。貴方の適性を見ているのですから。ここを舐められたり、吸われたりするのは、好きでしょう？　もう認めてしまいなさい」

ヴァレリーがそう言いながら、乳房を掬《すく》い上げるように揉み上げ、硬く尖った頂きをわざと見せつけるかのように濡れた舌先で擦りつけ、唇でずっぽりと咥《くわ》え、いやらしく吸いつく。

吸引されて甘噛みされる感覚がはっきりと敏感に伝わってくるのを、いやいやと頭を振って意識を逸らす。

「なっ……適性、……なんて、……ん、勝手な……ことだわ……っ」

男の淫らな征服欲によって穢《けが》された胸の尖りは、今やみずから誘うかのように咲き乱れ、男をさらに誘惑するように揺れているようだ。

こんなのは不可抗力よ。私が望んだわけじゃないわ……。

涙を滲ませ、頬を火照らせているミリアンを見上げ、ヴァレリーはふっと微笑を浮かべた。

「未熟だった花が赤く蕾んで……今すぐに摘んでしまいたくなりますね。ですが、もうちょっと味わっていたい気もしますし、実に検査のしがいがある身体です」

二本の指できゅうっと摘まみながら、ヴァレリーが怖いことを言う。

「面白がるのは……やめて……。私は、ほんとうに、何も……隠していません。裸になったのだもの、わかるでしょう？」

ミリアンは震える声で哀願した。

「いいえ。女性にはとっておきの隠し場所があるのを、貴方だって王女なのですから、わかっているはずです。妃候補になりたいというのは口ばかり。この身体で淫らに皇帝陛下を誘い、妃の座を狙《ねら》うつもりだったのではありませんか？　私はそれを許すわけにはいきません」

いちだんと低い声で語調を強められ、恐怖で身が強張るのをこらえ、ミリアンは息を吞んだ。

「……そんなこと、考えていないわ」

ミリアンは小刻みに睫毛を震わせたまま、ヴァレリーの観察するような視線に耐えつづけた。

たしかにそういう作戦がなかったわけじゃない。それをヴァレリーにはとっくに見破られていたというのだろうか。それとも皇帝がすでに気づいて、ヴァレリーを差し向けたのか。

ミリアンはぎゅっと唇を噛む。するとヴァレリーは冷酷な命令を下した。

「そうですか。ならば嘘《うそ》ではないと、身の潔白を証明するためにも、最後までおとなしく私に従いなさい。よろしいですね？」

「……っ」

「……あなたが素直に言うことを聞けば、痛いことはしません。とてもきもちよいまま……

すべてが終わりますよ」

ヴァレリーはミリアンの顎を指先で持ち上げ、耳のすぐ傍で囁いた。それはまるで呪詛《じゅそ》のようだと思った。彼の声にすらぞくぞくと感じる我が身が憎い。

「……潔白だったら、私は……あなたに穢された身体になるわ……それを皇帝陛下は……望んでいるというの？」

「言ったはずでしょう。陛下にとって不利益なものは排除しなくてはなりません。あなたが潔白だというのは……この身体を拓かなければわからないことです」

そう言い、ヴァレリーは胸の中心に武骨な指先をつきつけ、ずるりと下腹部まで引き裂くかのように滑らせた。

「やあっ……」

男の指先は恥丘まで滑り下りていく。

「いやっ……いやよっ……やめてっ……あなたになんて……触られたくないわ」

しかしいくら暴れようとも、元帥である彼の男らしい身体に敵《かな》うわけがなく、必死に抵抗したところで、ますます彼は愉《たの》しむように指を下穿《したば》きに擦りつけてくる。

彼の言う通りおとなしく従っていれば、やましいものを隠していないのだと信じてもらえるのだろうか。従うべきか抗うべきか、激しい葛藤が訪れる。こんなふうに純潔を穢される屈辱があっていいだろうか。

――皇帝陛下に身を売るつもりでいたのだもの、同じことだわ。でも……こんなふうに拷問に責められるだけの身体じゃないのよ。だめよ、……やっぱりだめ。

「力を抜いていなければ、痛い思いをするだけです。私は構いませんよ……貴方の自由にしなさい」

怖い脅しと共にヴァレリーのしなやかな手がミリアンの下穿きを腰からずらし、浅い繁みに隠された秘皮をとらえ、強く擦りつける。その瞬間、これまで得た快楽を上回る鋭利な愉悦が一気に駆け抜け、ぶるりと臀部《でんぶ》が戦慄いた。

「……あっ……ああっ……！」

さらに指先が滑り込んだ場所は、たっぷりと潤んでいてぬかるんでいるようだ。ヴァレリーの指が粘液をまとい、ぬちゅ……ぬちゅ……と音を立てるのが、皮膚越しに伝わってくる。

「っ……は、ぁ、……さわっちゃ、やっ……あっ……」

「これは……ずいぶんと濡れているようですね。さっきの責めに遭い、感じてしまいましたか？　王女殿下」

意地悪な口ぶりに、ミリアンは屈辱に耐えられず、唇をきつく噛む。

これ以上は悟られてはいけないとミリアンが内腿《うちもも》を閉ざそうとするが、すでに侵入を許したあとはどう抗おうと遅かった。

ヴァレリーの指が上下に動き、陰唇の割れ目でくちゅ、くちゅ、と濡れた蜜音を立てる。

強弱をつけて花びらを広げるように蜜を塗りつけられると、じんじんと甘い疼きが広がって、とても耐えがたかった。さらに割れ目の先にある花芽を弾かれ、怖いぐらい不安定な衝動が込み上げる。得体の知れない感覚に怖くなって脚をばたつかせて抗ったものの、間に合わない。

「……あ、っ……ぁっ……ん、っ……ゃぁ、……っ」

何か熱いものがどっと噴き出してくる。

刹那《せつな》、ビクビクンと臀部に震えが走り、ふわりと浮遊感に見舞われる。

「あ、……あぁ……」

ひくん、ひくん……と触れられたところが痙攣《けいれん》し、中がうねるように蠕動《ぜんどう》している。目の前のヴァレリーの顔がかすんで見える。

さらり、と銀の長髪がミリアンの胸や腹をくすぐり、それすらも刺激になって全身が大きく震える。

「達してしまわれましたか。ほんとうに困ったお方ですね。検査されているというのにもかかわらず……こんな方は初めてですよ」

ヴァレリーがくつくつと耳障りな笑い声を立てる。

「まさかと思いますが、パラディンの王女殿下ともあろう方が、もしや臣下を前に自慰行為を見せつける嗜好でもあるのでしょうか。見られて興奮してしまう……とか」

ヴァレリーがあまりにも下卑《げび》たことを言うので、ミリアンはかっと頬を朱に染め、視線を逸らした。

「私を見損なわないで……そんなこと……するわけ、ないわ……あなたのせいよ」

「では、私が初めての相手ということですか？　それは光栄なことですね」

うっそりと微笑んで、ヴァレリーがミリアンの金糸雀色の髪にそっと手を伸ばし、束ねた毛先へとキスをする。そして、ちらり、と一瞥《いちべつ》した。

「ですが、信じられません。こんなに溢《あふ》れるほど感じやすい方が初めてとは……やはり怪しいですね」

ヴァレリーはそう言いながら、毛先の束を筆のようにして、興奮して昂《たか》ぶった乳首をなぞる。びくりと震えた拍子にヴァレリーはミリアンの膝を押し上げ、濡れた花びらを目の前でじっくりと眺めるように近づき、痙攣している花芽をくりくりと舌先で弄った。

「……ひっ……あぁっ…………やぁっ見ないでっ……それ…………ん、だめっ……」

さっき達したような感覚がまたミリアンを襲う。指で弄られた以上の激しい快感に、髪を振り乱しながら抗った。

「ん？　どれがだめなんです？　じっくり観察していますから、言ってください、王女殿下」

わざとヴァレリーはそう言い、舌先を緩慢に上下左右に動かす。

「ひっ……あぁ」

じゅうっと吸引され、ミリアンは下腹部を反らし、びくびくと臀部を震わせた。

「そこ、いやっ……」

「ああ、ここの頂上が……きもちいいのですね」

ヴァレリーの熱い吐息がかかっただけでもつらい。さらに指の腹で陰唇のくぼみをねっとりとなぞられ、ぬるついた蜜を広げながら、何度もついばむように芯《しん》を唇に挟んだ。

「はっんんっ……や、……」

ミリアンは涙をこぼしながら、必死に堪《こら》える。押さえつけられている状態では、暴れるだけで体力が消耗し、さっきのぼりつめた衝撃のために、もう力が入りきらなかった。

肉食獣を前にした力のない草食動物はこうして血肉を抉《えぐ》られ、快楽と錯覚するほどまでに貪られながら——力尽きていくのかもしれない。

くたりと手折《たお》られた花のように観念したミリアンの様子を察知して、ヴァレリーが満足げに口端を上げた。

「おや、おとなしくなりましたね。そう、抵抗しなければすぐに済みますよ。あなたは与えられるまま……快楽を受け入れればいいのです」

呪詛のような言葉を聞きながら、ミリアンは目を瞑った。帝国軍の元帥である男にされているることを視界に入れたくなくて。しかしそうすればするほど、秘めた場所へ与えられる快感が、ますます強くなる。

指で弄られるにつれ剥き出しになる硬い紅玉を、ねっとりと熱い舌に転がされ、つま先でリネンを蹴るようにして耐えしのぐと、割れ目をくぱりと開かれ、熱い舌先がぬぷ……と入ってきた。

「あ、あ、あっ……挿《い》れないでっ……」

あれほど滴った蜜がまたとめどなく溢れてくる。余すことなくヴァレリーが飲み干そうとむしゃぶりついてくる。

「……ん、貴方はいろいろなところに愛らしい果実をつけていますね。とても甘くて危険な味がします。この中でしょうか……隠しているものは」

「ちがっ……いやっ……」

内腿を閉じてヴァレリーのそれ以上の侵入を拒もうとしたが、彼のしなやかな指はものともせず、陰唇の合間をくちゅりと押し開いた。

「ひっ……ああっ……」

じわり、と滴っていく蜜を絡め、媚肉《びにく》を指の腹で左右に広げながら、ヴァレリーは観察するように言う。

「中に隠してあるものが擦れているせいで、蜜が滴ってきているのでしょうか」

「あ、ん、……んっ……」

違う、とミリアンは首を振る。

「じゃあ、なぜ止まらないのです?」

指先が拷問するべく焦《じ》れた動きで割れ目を上下に擦りつけてくる。

「わからないわ……私には……わからないの……っ」

早く白状しろと言いたげに花芯を舌で舐め回し、そのたびに滴っていく蜜を指の腹に絡めて、入口で故意にくちゅくちゅと淫猥《いんわい》な音を鳴らし、ミリアンの耳を犯す。

いつその節くれ立った指が、突き破って入ってくるのか、と思うと怖くてならなかった。

「私は……何も、はぁ、……隠していません」

「では、もっと奥まで確かめてみなければわかりませんね」

ヴァレリーの追いつめるような声に怖くなり、ミリアンは腰を揺らして抗う。そのまま足首をぐいっと摑まれ、膝《ひざ》を折り曲げるようにして脚を開かれてしまった。

「やっ……やめてっ……!　それだけは……!」

「だめですよ。そんなに必死に抗うほどやましいことがあるのですね。ここの奥に……まずはこの指で、確かめてみましょう」

ぬちゅ、と指を埋めながら、ヴァレリーが見下ろしてくる。

「ああっ!」

さっきのような浅瀬での遊戯ではない。

ついに無垢な蕾を拓かせるかのように深く差し込んできたのだ。

「あ、あっ……ちがっ……ゆるし、て……」

突然の圧迫感に息が詰まる。

「何が違うのか……じっくりと調べなくては、許せませんよ」

そう言い、指を途中まで入れたまま狭隘《きょうあい》な蜜壺《みつつぼ》をぐちゅぐちゅとかき回すように揺らす。

「ふ、ぁあっ……」

見下ろせば、大きく脚を開かされたおかげで、彼の指が秘所に抜き差しされるのがはっきりと見えてくる。その生々しい光景と淫らな感触にミリアンはいやいやとかぶりを振る。

自分でも見たことのないようなところに指が入れられるなんて、蜜を滴らせて受け入れているなんて信じたくなかった。

「さすがに狭いですね。痛くならないようにこうしてさしあげましょうか」

そう言い、ヴァレリーは香油などによく使われる小瓶をちらつかせ、栓を外したかと思いきや、ミリアンの下腹部にとぷとぷと垂れ流した。薔薇の香りがする液体が流れ込んで触れた瞬間から、じわりと熱をもって火照りだす。

「あ、あっ……何を……するの……っ……」

「毒がないかどうか、検査しているのです。中まで隅々調べるには、あなたも楽な方がよいでしょう？」

彼の言葉の意味がミリアンにはわからなかったが、小瓶の液体が一滴も残らずに垂らされたあと、身体に異変を感じとった。

ぬる、とヴァレリーの指が隘路《あいろ》に滑り込んだ瞬間、先程の窮屈な感じとは異なる甘い疼きが走り、ミリアンは眉を寄せた。一度だけではなく、何度も指で扱《しご》かれるたび、熱く迸《ほとばし》ってくる。

「ひゃ、ぅっ……あっ！」

さらにぬるりと花びらを愛でられ、脳が蕩けてしまいそうなほどの快感に腰がびくんと跳ね上がる。それ以上されたら失神してしまいそうなほどの快楽に蝕《むしば》まれてしまう。

「やぁっ……っ……しない、でっ……」

「まだ、これからですよ。もう少しすれば、もっとよくなってくるはずです」

彼の指が濡れそぼった隘路をゆったりと往復するたび、じわじわと甘くよじれるような疼きが込み上げ、ミリアンは瞳を滲ませる。

「あ、ん、あっ……んんっ……」

「つらいですか？　じゃあ……もっと……」

先端で痙攣している花芯を指の腹で捉えられた瞬間、焼けつくような快楽に胴震いが走る。

「ひっぁあっ……！」

ぞくぞくとした感覚が込み上げてくる。だが寒気や悪寒ではない。たとえるのなら葡萄酒《ワイン》を飲んだときの酩酊《めいてい》感……否、それ以上の高揚感で、身体が熱くなってきていた。

腰を揺らして抗っても、ヴァレリーは指の動きを止めない。浅く息を吐きながら、ミリアンは涙で滲んだ瞳で彼を糾弾《きゅうだん》する。

「あ、あっ……やめ、て……なにを、したの……」

ざわっと背筋をなぞられるような甘美な感覚に、ミリアンは熱い吐息を逃す。

「媚薬《びやく》効果のある香油を流しただけですよ。これで貴方は楽に検査を受けられるでしょう」

「こんなことは……卑劣な……行為よ」

「……卑劣？　おかしなことを言うものです。貴方がしようとしていたことはこういうことだったのではないですか？」

ヴァレリーが胸の尖端をツンと押し潰しただけで、大袈裟《おおげさ》なぐらいに身体がビクンと大きく跳ねた。

「あっあぁっ……ちがう……っわ、……とめてっ……」

混乱したミリアンが仰け反って逃げようとすると、ヴァレリーは自身のクラヴァットを引き抜き、ミリアンの両手首にそれを巻きつけ、彼女の頭上でぎゅっと縛った。

「聞き分けのない王女様ですね。もういい加減に観念したらどうです？」

「いやっ……腕をほどいてっ……」

手首や腕に力を入れれば、ますます結び目がきつく締まるだけでほどけない。

「いけませんよ。逃げるということは、貴方にやましいことがあるのを認めることになるのですよ。騎士団の方たちがどうなってもよいのですか？」

ヴァレリーの冷酷な瞳に、ミリアンはさあっと青ざめる。

「ひどい……わ」

「さあ、臣下が大切ならば……脚を開きなさい。私にすべてを見せるのです」

——騎士団のみんなに、何かあったら……だめ。私が……我慢しなくては……。

ミリアンは観念して目を瞑る。しかし、ヴァレリーは触れてこない。いつまで経《た》っても動かないので、まさかこのまま拘束されたままになるのではと思って、はっと瞼を開く。

しかしそうではなかった。ヴァレリーがミリアンの裸体をまるで美しい彫刻を眺めているかのようにじっと視線で撫でていたのだ。

ミリアンはかあっと頬に熱が走るのを感じた。一体彼は何がしたいのかわからない。観察しているというのだろうか。

まるでミリアンの心の声を拾うかのように、ヴァレリーはくすりと口の端を上げた。

彼の碧瞳は、身体だけでなく心までも映してしまいそうなほど綺麗《きれい》で、淫らな自分がそこに映っているのだと思うと、たとえようのない羞恥心に苛まれた。

見ないでほしい。彼は先程のように触れたり舐めたりしない。ただじっと視線を移すだけ。乳房の先が硬く張りつめて上下に揺れる様子や、秘めたところから溢れるほど蜜が滴っている淫猥な姿を眺めているだけ。

視姦《しかん》に耐えきれなくなり、もういっそ意識を失ってしまいたいとすら思った。

そんなミリアンの思考を見透かしたかのようにヴァレリーは口端を上げる。

「お預けはつらいですか？　媚薬の効果が効く前に見られるだけで感じるようになってしまうなんて……はしたない王女様ですね」

「……あなたが、……そんなふうに……するから……よ」

「では……そろそろ貴方の望んでいらっしゃることをしてさしあげましょう」

ヴァレリーは脅しのような一言を告げたあと、片方の膝の裏を胸につくぐらいまで押し上げ、とろとろに蕩けた秘処に中指を折り曲げるようにして挿入した。

今度は容赦なく中にぬぶり……と沈めてくる。

「いやっ……あっ……指、やあ……っ抜いてっ」

「もうだいぶほぐれているようですね。挿れているそばから、私の指を締めつけてくる……もっと中に欲しいのではないですか？」

指の圧迫感がさらに増やされ、下腹部の奥が引き攣れる。視界に入ってきたのは、ヴァレリーの武骨な二本の指が、ゆっくりと蜜壁を擦り上げるように抜き差しをしている光景だった。

指が抜き差しされるたびに、脳が蕩け出しそうな快楽が込み上げ、透明の蜜が滴って飛び散る。

「やっ……やっ……指、しないでっ……」

快楽のまざった衝撃に我を忘れて、脚をばたつかせるが、さらに足首を高く上げさせられ、まるで見物するかのようにヴァレリーが見下ろし、指を引き抜いたり、差し込んだりを繰り返してくる。

そのたびに蜜にまみれた淫らな音が耳を弄し、身体が淫らに跳ねてしまう。ミリアンの意志に反してそこは物欲しげにひくついて、貪欲に蠢いている。それをヴァレリーに見られているのが耐えがたかった。

「ん、あっ……やぁっ……見ないでっ……」

ミリアンの羞恥心を刺激するような、ヴァレリーの嗜虐的な笑い声がくっと響き渡る。

「見られるのが恥ずかしいですか？　見られて興奮しているのではないですか？」

ぐちゅ、ぐちゅ、とかきまぜるように焦れた抽挿《ちゅうそう》を繰り返され、ミリアンはかぶりを振りながら必死に堪えた。

「……ぁあっ……ちがうわ、ちがう……っ」

彼の指が隠されたものを探るように柔襞《やわひだ》をかき分け、膣壁《ちつへき》を二本の指で揉み込むように捏《こ》ね回してくる。

「あなたは本当は純潔ではありませんね？」

ミリアンは首を振る。

「これほどまで指をすんなりと呑み込んでいくのですから、この奥に……隠しているものがあるのではないですか？　もう正直に観念するべきですよ、王女殿下」

そう言い、ヴァレリーはさらに指を奥へと進める。隘路を抉じ開けられる疼痛《とうつう》以上に、ねとねとと襞が絡みついていく不思議な感覚がする。彼の指で触れられたところから熱を持ってじんじんと痺れていくみたいだ。

「してな、……いわ……何もない……もの……そんな、指、……うごかさ、ないで……はぁ、っ……」

わざとじれったい動きで指をゆったり抜き差しし、ミリアンの様子を眺めているようだ。ヴァレリーの二本の指は蜜に濡れて艶やかに光り、手首まで濡れている。

放埓《ほうらつ》な指の責め苦に、ミリアンは涙をこぼしながら、堪えきれなくなり、ついに腰を揺らした。

それはつらいからではない。もどかしいからだった。もっと激しくかきまぜて、どうにかなってしまいたいような強い欲求が、ミリアンを蝕んでいく。

もはや自力での抵抗など叶わぬほどに、媚薬に狂わされた身体が、甘い疼きを追い求めているのだ。

「……はぁ、……あ、……おねが、い……もう……」

許して、と縋りたくなるのを、王女としての誇りだけでぎゅっと堪える。しかし、ヴァレリーの指戯は蕩けるほどに気持ちよく、淫らにかきまぜられるにつれ、身体が言うことを聞かなくなってくる。それを悟っているのか、ヴァレリーの指戯はミリアンを縦横無尽に追い立てた。

「ああ、あっ……っ……ふ、……ああ、っ……！」

あの怖い感覚が迫ってきていた。それも先ほどと比べものにならない快楽をともない、足首を摑んで、じわじわと浸食してくるかのように、ミリアンに迫ってくる。

「おねがい、……ああ、……だめ、なの……ああ、……」

これまでにないほどの悩ましい快感に、ミリアンは息を逃して懸命に堪えていたが、ついには「お願い……」と涙をこぼして哀願する他なかった。

「何をお願いしたいのでしょう？　ここにもっと……触れてほしいのですか？」

「……このままじゃ……おかしくなっちゃ、う……」

「助けてほしい、と一言……貴方が口を開けば、善処しましょう」

それは屈服したことを意味するもの。ミリアンは首を振る。しかし、もうすぐそこまであの感覚がやってくる。

「ああっ……たすけて、……おねがいっ……たすけて……っ」

ついにミリアンは叫んだ。

心細さのあまり少女のようにヴァレリーにしがみつくと、ほんの一瞬、碧い瞳が物憂げに揺れた。

（なぜ、そんな表情をするの……）

また、あのもどかしい気持ちが胸に灯る。どうして凌辱《りょうじょく》されている相手にこんな感情を抱けるのか、ミリアンは自分が信じられなかった。

しかしそれはほんの一瞬だ。彼は指を膣内に潜らせ、ぐりぐりと回すように動かしながら、冷酷な瞳で、悪魔のように誘惑する。

「助けてほしければ、何もかも忘れてしまいなさい。恐怖よりも快楽の方が上回るのは当然のことです。あなたにやましいことがなければ、もっと気持ちよくしてさしあげますよ」

もっときもちよく、という言葉が、新たな媚薬のように鼓膜に流し込まれ、じわりと蜜が溢れた。

両膝を持ち上げられ、ヴァレリーがふくらはぎにちゅっとくちづけてくる。まるで骨ごとしゃぶるように舌をつうっと這わせられ、今からはじまる愛戯を期待し、吐息が乱れてしまう。

「欲しくて、欲しくて、たまらない顔をしていますね。いいですよ。そういう顔……ぞくぞくします。もっと……私に見せてください。そしたら助けてあげますよ」

「あ、ぁ、……」

内腿に濡れた舌がもどかしいほどにゆっくりと這い、淫唇を開かせた指がチュプ、チュプと音を立てながら動かされると、まるで直接そこを舐められているような錯覚に陥り、臀部が戦慄いた。

「……はぁ、あっ……っだめ、舐めたら、だめなの……っ」

「お願い……と言ったことを忘れたのですか？　ここを舐めてはだめだという理由はなんです？　やはり毒でも仕込んであるのでしょうか？　貴方の罠《わな》ですか？　恐ろしいですね」

「ちが、……うわ。そんなこと、していないもの……」

「ならば、私が身をもって確かめてさしあげましょう。あなたを助けるためにも……必要なことですからね」

さらり、と銀の長髪がミリアンの内腿をくすぐり、次に熟れた果実の滴る蜜を啜るように唇が這わされ、待ちわびたねっとりとした甘美な感触に、腰が跳ねるように浮ついた。

「あ、んぅ、……あぁっ……だめぇっ……っ……うそつきっ……ぅそつき、だわっ……！」

淫らな舌先にやわらかく花芽を捉えられ、浅く息を吐くぐらいしかできず、何も考えられなくなる。

ヴァレリーは没頭するように赤々と主張していた淫核を舐めしゃぶり、ひくついた花芽を執拗に舌先でねとねとと転がし、物欲しげに膨れた媚肉ごと吸い上げた。

「ああ、っ……はげし、……ん、あぁっ……！　やめてっいっぱい、されたら、……溢れちゃ、……うの……」

「ええ、わかっていますよ。私の目の前で止め処《とど》なく蜜が滴ってきているのですから」

そう言い、ヴァレリーが淫らな唇にくちづけ、ちゅうっと吸い上げてくる。まるで恋人にキスをするかのような丁寧な仕草で、舌を中に侵入させた。

「ふ、ぁあっ……」

ぴちゃぴちゃと故意に蜜を跳ねさせながら、ヴァレリーが碧い瞳を向けてくる。

そんな目で見ないで欲しい。感じていることを知られたくない。こんな浅ましい自分を。

手は拘束されているし、目を瞑っても耳は塞げない。とにかく視線を逸らしたくて顔を背けると、ヴァレリーの手が顎に伸びてきて正面を向かせた。

「ちゃんと見なさい。あなたが今どうなっているのか。隠さずに教えなさい。ほら……よく見えるところに開いてあげますから」

太腿を押し上げるように開かされ、ぱっくりと割れた場所が目前に迫ってきた。さらにヴァレリーの舌がヌプヌプと花唇を割り入っていく様子や、小さな芽から覗いた紅玉を転がす様子がありありと映る。

「ん、やめ、……あ、……あぁっ」

この男に思うようにされているのだ、ということをいやというほど見せつけられ、ミリアンは悔しくて唇を噛む。

しかしそれを上回る快楽が迫り上がってきて、このもどかしい熱をどうしたら排出できるのか、目の前の男を頼らずにいられなかった。

ヴァレリーの指が花びらを広げながら、舌先を擦りつけてくる。その感触がきもちよくて、奥底から熱が這い上がってくる。

「あっ……ん、あっ……はぁ、……っんん……」

ミリアンは自由にならない腕をぎしぎしと軋ませながら、彼の舌にみずから押しつけるように脚を開き、甘美な快楽をくれる愛撫にいつしか酔いしれていた。

「言いなさい。どうされたいのか」

「はぁ、…っ……あぁ……っ」

「なんです？　そんなに喘いでいては、聞こえませんよ。どう、助けて欲しいのです？」

いやらしい粘着音を立てながら、貪られていくにつれ快楽が強まり、狂おしいほどの衝動が起こった。

「もっと……して、……もっと……してほしいのっ……おねがい、……はぁ、……おさめて……」

自分がそんな言葉を発するなんて信じがたかった。けれど、これ以上は我慢できない。もう何も考えられなかった。

「よいでしょう。正直者の貴方にはご褒美をあげましょう。望むことをしてあげますよ」

内腿の付け根に武骨な手が添えられ、熱い舌先でじゅくじゅくと粘膜を擦られ、ひくついていた紅玉をほぐされていく。淫猥な蜜壺からは枯渇することなく愛液が溢れ出し、男の舌や唇を濡らす。

「あ、ああっ……」

ヴァレリーの濡れた熱い舌が這わされるたびに腰は跳ね、ひくついた花芯から入口の溝に至るまですべてが痙攣してしまう。

滴る蜜を余すことなく舐めとるように吸いながら、硬く張りつめた粒を舌先で縦横無尽に捏ねられると、感極まった声に喉が震え、自分でも聞いたことのない声がミリアンの唇からこぼれた。

「はぁ、っ……あ、んんっ……」

「ああ、可愛い私の金糸雀……もっとその声を聞かせてください。私だけに……」

なぜそんなふうにヴァレリーが言うのか、理解できなかった。皇帝陛下の妃候補になるべくやってきたミリアンに対して、検査と言いつつ彼は嗜虐的なことを愉しんでいるだけのように思えて、怖かった。

貪るように花びらを吸い、赤くしこった蕾に執着する唇が、蜜壺を覆いつくすように吸引し、濡れた舌をぬぷ…と中に挿入された。

陰唇の中を舌が蠢き、あれほど舐めつくしたはずの蜜が彼の顎の下まで流れていくのが見える。

「あっあぁ、……ん、……や、ぁ、っ……あぁぁっ」

こんなはしたない自分は知らない。けれどもう理性などそこにははかった。

充血した膣襞を広げ、紅真珠のように膨らんだ頂をひと思いに食んだ男の唇に、途方もなく感じて、あられもない嬌声《きょうせい》を上げてしまっていた。

「……あっ……あっ……っ……あぁっ……！」

ヴァレリーの手が乳房に伸びてきて、一ヶ所に集中していた快感が、上から下から同時に責められて、下腹部の奥に集まってくる。

それは爆発しそうなほど大きく蠢いて、ヴァレリーの唇や舌がそれ以上淫らに責めてきたら、もう堪えきれないと感じていた。

「……や、っ……あっ」

ヴァレリーはやめてくれない。華奢な臀部を引き寄せ、まるで吸血鬼のように無我夢中でミリアンの艶やかな花蜜をちゅうっと音を立てて啜った。

「……甘いですね。どれほど溢れさせるつもりですか」

「あ……ぁ……んっ、……」

甘い波が次々に押し寄せ、逃れようと腰を引くたびに吸いついてくるヴァレリーの愛撫に、ミリアンは追いつめられていく。吐く息は忙しなく、奥底から熱い何かが突き上がってくるのを感じたミリアンは心細さから涙をぽろぽろとこぼした。

「……ん、んっ……あ、……あぁ、……私、どこかに……いっちゃ……うわっ……」

助けてくれるなんて嘘《うそ》だった。絶望と快楽とがないまぜになった感情がミリアンの理性を焼き切ろうとする。果てしなく遠いところに意識が投げ出される予感に、ミリアンは涙を流しながら甘い嬌声を上げる。

「あ、あ、あっ……ああっ」

「……いいのです。そのままイキなさい」

舌先に力が込められ、さらに激しく花芽を吸引された瞬間、

「あ、あ、あっ……あぁっ……！」

刹那、ビクビクン、と身体が跳ね上がり、頭の中が白くふやけた。

「……は、あっ……ぁ……」

臀部が痙攣したようにひくつき、心臓が早鐘を打っている。

ようやく、ぬぷ……と舌が離れていき、痙攣している花芯をなだめるように舐るが、絶頂を迎えたばかりのそこは過敏になりすぎて、ただそれだけでまた頭が真っ白になりそうになる。

ようやく解放されたはずなのに、甘い微熱はじゅくじゅくと火種《ひだね》を残しているかのようだ。

それを見切ったようにヴァレリーは言った。

「これで終わりではありませんよ。貴方は最後まで私の言うことをしっかり聞くのです。いいですね？」

冷酷な命令が、火照った身体に甘美な快楽として流し込まれていく——が、彼の昂ったものが引《ひ》き摺《ず》り出されたのを目の当たりにしたミリアンの表情が、一転して強張った。

「いや、それだけは……おねがい、……ゆるして」

上ずった声で哀願する。彼から逃れようと後ずさりするが、脚を摑まれては為す術がない。

「だめですよ。しっかりと中まで確認させていただかなくては……いつまでも終われませんよ」

握りしめた肉棒の切っ先をミリアンのひくついた淫唇にあてがい、ぐっと腰を押し寄せてくる。逃れるまもなくぐぷっと埋まった瞬間、全身の血液が沸騰するようなざわめきが走った。

「ああっ……！」

絶望と、快楽と、恐怖と、愉悦と……。

交互にまざってやってくる不思議な感覚に、ミリアンは酔いしれる。

「まだほんの少しだけ入っただけで、こんなに締めつけて……いやらしいですよ、王女殿下」

熱を孕んだ屹立《きつりつ》が懲らしめるかのようにさらに深く沈んでくる。しかしそれ以上は狭すぎて簡単には入らず、浅いところで雄芯を捏ね回される。

「いやよ、やめて、……やめて、あぁっ……」

快感を得て腫《は》れ上がった肉芽を擦りつけながら隘路を上下に往復しながら、蜜を垂らしわななく入口に尖端が埋まる。

「……ん、あっ……ああっ」

繰り返し、繰り返し、そうされて、いつ入ってくるかわからない状況が延々と続くかのように思えた。その時、ついにミリアンの無垢な場所が、ヴァレリーの猛々《たけだけ》しく憤った肉棒に押し開かれていく。肉をこじ開けられているような痛みに、ミリアンは仰け反る。

「……あ、ぁっ……いたい、のっ……やめてっ……」

ミリアンは自分の中に埋まっていくヴァレリーの屹立が怖くなり、腰を揺らして抗った。しかし着実に彼は沈んでいき、ミリアンの最奥を目指すべく距離を伸ばしている。

「あれほどほぐしたあとでも狭いですか。私を半分も挿れてくれませんね。ずいぶんと拙《つたな》い可愛い唇です……」

指先で花芽を捏ね回しながら、先端をより深いところに沈めようとする。新たに引き攣れるような痛みが広がって腰を引こうとすると、ヴァレリーの手がぐっと臀部を押さえつけてきた。ぐりぐりと亀頭を押し回され、彼の厚みに馴染《なじ》んだ膣壁が絡みつく。

「はぁ、……ぁ、……」

「さあ、もう諦《あきら》めなさい。痛みは最初だけです。その証拠に貴方だってもうわかっているでしょう？　こんなにも私を欲しているのだと……」

「ん、あ、……あ、……ぁ」

涙をぽろぽろこぼすミリアンを見下ろしたあと、ヴァレリーはいきなり唇を奪い、やさしく舌を絡めてきた。

「ん、ふ、ぅ……んっ……」

身を引き裂かれそうな痛みを与えている男が、ひどくいたわるようにくちづけをする。

正反対の感覚が、ミリアンを戸惑わせ、異常な事態であることを麻痺《まひ》させていた。

ついばむようにキスを交わしながら、ヴァレリーの節くれ立った手が、いとおしげにミリアンの金糸雀色の髪を梳《す》く。

——なぜ。一瞬わき上がった疑問が、胸の奥に甘く流し込まれていく。

舌を絡めながら、ヴァレリーの腰がゆっくりと沈んでいく。下腹部を圧迫し、広がっていく感覚に戦慄いた瞬間、ずんっと強く貫かれ、目の前に火花が散った。

たまらず唇を離すと、さらに最奥へと彼の刀身が埋まり、全身の血液が沸いた。

「ひぅっ……あぁぁっ！」

ヴァレリーが覆いかぶさっていたミリアンのもとからわずかに離れ、帯刀していた短剣を

抜く。このまま刺殺されるのでは、とミリアンは青ざめた。しかし彼の狙いは違った。ミリアンの手首に巻かれたクラヴァットを一気に切り裂いたのだ。

「きゃああっ……」

はらり、と羽根が舞うかのように、クラヴァットのシルク生地が落ちてゆく。震えながら見上げた先には、情欲の炎を灯した銀の美しい獣がいた――。

「あなたを傷つける行為は……これ以上ありませんよ。もう手首を縛らなくても、貴方は逃げられませんからね」

ヴァレリーはそう言い、ミリアンの腕を解放した。ほんのわずか赤みがかっているが、結び目の上にさらに結び目ができていたために、手首や腕自体は痛めていなかった。

彼の言う通り、串刺《くしざ》しにされたように半身を支配されている以上、逃げ出すことは叶わない。完全に彼に支配されたのだ。

ヴァレリーを呑み込んでいる半身に疼痛が広がり、そちらの方がつらかった。引き攣れているような皮膚の痛みや、月の穢れに経験するような鈍痛で、じんじんと痺れている。

――ああ、私は……もう。

ミリアンは打ちのめされ、何も考えられなくなる。ついに抵抗する気持ちにもなれなくなってしまった。

それなのに中は彼を求めるかのように蠢いて、結合部分が擦れるたびに、甘い疼きが込み上げてきて、繋《つな》がり合っているだけでは物足りなく感じてしまっていたのだ。

欲しい、欲しい……欲求に蝕まれていく。

――どうかしているわ。こんなのは私ではない。それなのに……。

「よくなってきましたか？　私がもっと教えてさしあげますよ。新たな快感を……」

ヴァレリーの腰がゆっくりと動きだし、中を掘削するかのように抽挿をはじめる。ずんっと最奥を突かれたそのときが、最後の理性が焼き切れる瞬間だった。

「あ、あっ……あっ……ん、っぁっ……ああ！」

息が乱れ、声が弾む。脳が白くかすむ。目の前が見えない。下肢に伝う甘い媚薬がとろとろとミリアンの思考を蕩けさせてゆく。じゅぷ、じゅぷっと抜き差しされるたびに蜜にまみれ、その甘酸っぱい禁忌の果実の匂いにすらも、いつしかミリアンは興奮を覚えていた。

「ひ、あ、あ、あん、……はぁ、……」

――感じてはだめ、こんなのいけない。なのに……ああ、もっと欲しいわ。どうしたらいいの。

なんていう快楽なのだろう。あとからあとから新たな愉悦の波がやってきて止まらない。

ヴァレリーの屹立に穿《うが》たれるたびに、蕩けそうなほど心地よい。

「ふふ、きもちいいですか。貴方の腰が動いてしまっていますよ」

ヴァレリーが乳房を揉みしだきながら、昂ぶった屹立をゆっくりと抜き差しする。

鍛えられた腹筋が近づき、怒張が肉鞘《にくざや》に押し込まれる様子がありありと見える。

失うものなどなくなった今……身体は快楽を追い求めて最後の出口を探していた。

「……はぁ、……あ、……ああっ……」

ミリアンは涙をこぼしながらヴァレリーを見上げる。ひどいことをされているのに、身体は悦《よろこ》びを感じて、もっともっとと貪欲にうねっている。

あれほど狭くて挿入するのに時間がかかった中が、ヴァレリーの抽挿の動きに馴染んで、とろとろにほぐれはじめていた。そればかりか、奥を穿たれるたび、途方に暮れるほどの甘い愉悦が走り、自分から腰を動かしてしまいたくなる。それを見切ったようにヴァレリーはぐりぐりと中をかき回した。

「あっ……はぁんっ……ああ、……あっん……」

「よいですよ。思うままに動かしてごらんなさい。これは、あなたのものです」

そう言い、もどかしいほど焦れた動きを繰り返していたヴァレリーの肉棒が、中をぐるりと押し回し、ずんっと最奥を突く。

「ああっ！」

灼熱《しゃくねつ》の快楽が突き上がってくる。ミリアンが仰け反るように腰を揺らすと、剛直がずるりと抜け出ていき、戦慄く襞をめいっぱい広げるように根元まで入ってくる。その感覚が輪郭さえ溶け出ているのではないかというぐらい気持ちよかった。

「んん、……あ、あっ……おく、……いっぱい……」

下腹部に迫ってくる圧迫感で苦しいのに、それがもっと恋しいと悲鳴を上げているかのようにじゅんと痺れる。もどかしさのあまり、意思に反した願いがこぼれてしまう。

——いけない。こんなこと言ってはだめなのに。止められないわ。

「なんです？　奥がきもちいいですか？」

ヴァレリーの武骨な手が両膝を掴み、左右に大きく広げ、雌雄の交わりを確かめながら、ミリアンの中を穿つ。

「はぁ、……あっ……」

「よいですね。貴方の中は……たどたどしく絡みついてくるところは、どちらの唇も同じ……愛らしいものです」

ヴァレリーがそう言い、ねとねとと絡みつく内壁を味わうように抜き差ししながら、徐々に抽挿の間隔を狭めていく。互いの胴体が当たり、ぱん、ぱん！　ぱん！　と肉を打つような卑猥な打擲《ちょうちゃく》音が響き渡る。

「さあ、もっと、もっと……感じてください」

「あっ……ぅ……あっん……あっ……ぁっ……あっ……」

ベッドが二人の身体の重みでギシギシと軋む。月光のみが差し込む部屋で、男女のシルエットが淫らに揺れていた。

ミリアンの理性はすでに忘我の彼方《かなた》にあった。ヴァレリーから与えられる熱の楔《くさび》に身を焦がし、もっともっとと必死に手を伸ばして彼の背にしがみつく。

「は、ぁ、っ……あっ……ん、ああっ……」

「ミリアン王女殿下……ああ、これほどまで私を欲して……絡みついて……締めつけて……放したくないほどいいですか？　ずいぶんと甘い蜜をため込んで……私の方が溺《おぼ》れそうです」

低い声が甘い囁きを落とし、耳朶をねっとりと舐めてくる。ぞくぞくとする甘美な痺れにぶるりと震え、その拍子に豊かな乳房までもが揺れる。ヴァレリーの指先がめざとく乳首を摘まみながら、耳殻を舐めしゃぶる。

「ん、ぁっ……」

「耳を舐められながら責められるのがお好きですか？　もっとしてさしあげましょう」

「あ、あ、ぁ……だめ、……んんっ……」

熱棒の切っ先で蕩けた内部を抉られ、甘美な熱に全身がざわつく。

もう屈辱感などとうに忘れ、耳を舐められながら腰を揺さぶられ、気持ちよくて自分から腰をうねうねと揺らした。

乳房を余すことなく捏ね回され、張りつめた頂を摘ままれながら腰をぐいぐいと押しつけるように動かされると、疼きを走らせた花芯が潰され、泣きたくなるほどの愉悦が込み上げる。たまらなくなってミリアンは喜悦の声を上げた。

「ん、……あ、ん、……いいっ……のっ……」

奥に当たるヴァレリーの切っ先の感触が気持ちいい。襞を広げて何度も入ってくる感触が。

「ずいぶんと素直になりましたね。そう、これがいいのですか」

疼く尖端を指の腹で弄りながら、やむことなく抽挿を繰り返され、涙がほろほろとこぼれだす。

「ああ、っあっ……ん、はぁ、……だめよ、……私、……もうっ……」

うわごとのようにミリアンは繰り返す。脳裏にちかちかとある夢の中の幻影が浮かんだ。

――テオドール……奪われるなら、あなたがよかった……。私は、誰に抱かれているの？もうわからないわ……。

「あなたは感じながら泣くのですね。その顔……ずいぶんとそそりますよ。そろそろもっと強い快感が欲しいでしょう？」

しがみついていた腕をよけさせられ、ヴァレリーがミリアンの腰を摑んで、ずんっと最奥を突く。

「ああっ」

拓かれたときに感じた疼痛はとうになくなり、新たな快楽の萌芽がミリアンを支配しはじめていた。

銀の髪がさらりと胸をくすぐり、彼の武骨な指の腹で陰核を掘り起こされ、膨れ上がった逞しい熱の楔が幾度となく押し込められると、めくるめく快楽の果てに連れさられていく。

「はぁ、っあっ……あっ……」

密着していた腰を掬い上げるように持ち上げられ、ずんずんっとリズミカルに貫かれていく。

翠玉石色の瞳を涙で濡らすミリアンを見下ろすヴァレリーの表情が恍惚と揺らぐ。

「あなたにはご褒美をさしあげましょう」

下腹部の奥底に沸々《ふつふつ》と滾《たぎ》っている快楽を引き出すかのようにヴァレリーが最奥をぐつぐつと穿つ。

「ん、ふぅ、……んん……」

喘ぐ唇を彼のそれで塞がれ、くちづけを交わしながら貪られる抽挿はこの上なく気持ちよかった。ミリアンは夢中で彼の愛戯に応じた。どちらの唇も塞がれているせいで、捌け口《はぐち》のない甘美な熱がどんどん下腹部に集中する。

——なぜなの。きもちよくて、止まらないわ。……なぜいとおしいなんて、身体が思うの。私は誰に抱かれている、というの。

まるで彼に愛されているかのような錯覚さえ感じて、ミリアンは彼に握られた手を握り返し、与えられる熱杭の激しさに身を焦がした。

「あ、ああ……っん、……ああっ」

やがて駆け上がってくる激しい喜悦に、吐息が途絶えがちになる。ヴァレリーの麗しい表情が美しく歪み、熱の捌け口を探すようにさらに激しく掘削しはじめた。

「んん、……はぁ、っ……あああっ……っ」

揺さぶられるたび、胸が上下に揺れる。硬く隆起した頂を指の間に挟み捏ね回しながら、繋がり合っている結合部分の花芽を擦り上げるように密着して穿たれ、理性では抗えない愉悦に脳が蕩ける。

──もう、何も考えられない……。

「あ、ぅ、あっ……ん、……あっ……あぁっ……」

「しっかり覚えてくださいね……これからもあなたは……私だけのものですよ」

ヴァレリーは耳の傍に唇を近づけて、消え入りそうな声で甘く囁いた。

身体検査をすると言ったヴァレリーがなぜそんなことを言うのか、絶頂の淵《ふち》にいたミリアンには深く考えられなかった。

やさしく髪を撫で、貪るように唇を求め、止め処ない快楽を与えようと、ミリアンの中に押し入ってくる。まるで愛している者にそうするかのように。だからミリアンの身体も甘い錯覚に陥ってしまう。

「たっぷり咥え込んで……可愛いですよ。奥までぬるぬる濡らして……私の理想通りの、いやらしい身体になりましたね」

彼の雄芯が熟れた蜜壁をさらに拓くように根元までじゅぷんっと埋めつくし、抽挿の間隔を荒々しく狭めてくる。

「あ、あ、あ、あっ……」

甘美な快楽に打ち上げられ、ミリアンはぶるりと背を震わせる。断続的に打ちつけてくる彼の熱が最奥を突き上げてくる。よりいっそう感極まった中で彼のたぎったものはちきれんばかりに質量を増していた。

「さあ、仕上げです」

忙しなく揺さぶられる間隔は狭まってきていて、絶頂へと押し上げられていく予兆に駆られる。このまま彼に注がれてしまったら彼の子を孕んでしまう。一欠けらの理性が降ってわき出し、ミリアンはとっさに声を上げた。

「……や、あっあっ……中は……いやぁぁっ……っ」

抗う声が掠れてしまう。ヴァレリーの激しい腰の動きは止まらない。彼の屹立がさらに熱を帯びて膨らみ、乱れる吐息を堪えるかのように低く囁く。

激しく打ちつづけられ、何も考えられなくなっていく。ビクビクンッと臀部が震え上がり、目の前が真っ白に染まった。

「あ、あっ……あぁっ……！」

刹那、ずるりと引きずり出された屹立から勢いよく熱い体液が迸ってきて、ミリアンの下腹部を白く濡らした。

吐精したばかりの彼の屹立は萎《な》えることなく、ミリアンの敏感な粘膜をゆったりと擦り合わせ、ドクン、ドクン……という脈動が下腹部越しに伝わってくる。

中が激しい収斂《しゅうれん》を引き起こし、呑み込みたがるように蠢く。白濁した体液が蜜にまみれてリネンを濡らす。

リネンに押しつけられた手がぎゅっと指先を絡め、名残《なごり》を惜しむようにくちづけを続けられ、ミリアンは彼の余熱を受け止めた。

「は、……んぅ、……っ」

中に注がれなかったとはいえ、彼に身体を奪われたことは事実。絶望に暮れてもおかしくない状況であるのに、なぜかそんな気が起こらなかった。

冷徹な男の鼓動はとても速く、息が切れている。そんな中で、いとおしげに唇を求める様子に心を奪われ、彼に求められるまま応じてしまっていた。

しかし――互いの吐息が整い、ゆっくりと弛緩《しかん》していく頃。人が変わったかのように冷酷な瞳で見下ろすヴァレリーを見て、ミリアンは身体を強張らせた。

「見事でしたよ。ミリアン王女。私のすべてを奪われるところでした。やはりあなたは危険な人物に違いありませんね」

くたり、と手折られた花のように、全身に力が入らない。まだ呼吸が苦しくて、ドキドキがおさまらない。しかし銀の獅子のような男に平伏しながら、理性は徐々に戻ってくる。

――私は、この男に……帝国の元帥に……抱かれてしまったんだわ。

「お願い……です。私はただ……皇帝陛下にお会いし、花嫁にして欲しい、と……私の気持ちを……伝えたかっただけなのです」

ミリアンは必死に懇願するが、ヴァレリーは冷ややかな表情のまま拒んだ。

「残念ながら……まだ許可することはできません。あなたをしばらくここに監禁します」

ヴァレリーがすっと身を引き離し、乱れた身なりを整えて去っていく。重厚な扉が開かれては閉まり、外側から閂《かんぬき》をかけられてしまった。

「……そんな」

この身を奪われ、純潔を散らされ、それを引き替えにまでしたのに……。

ミリアンはベッドの上で一人絶望に暮れ、ベッドに頽《くずお》れるようにして泣いた。

身を捧《ささ》げるべき相手は、元帥であるヴァレリー・アングラードではなく、皇帝陛下であったはずなのに――。

◆3　淡い初恋の記憶と淫らな妃教育

『……ミリアン、大丈夫かい？』

『へいきよ。ちょっと躓《つまず》いただけですもの』

草原の中を駆けていた少年と少女……。

六つぐらいの時の記憶だろうか。

空を映す鏡のような美しい湖畔《こはん》で四つ年上の兄と同じぐらいの菫色の瞳をした少年と一緒によく過ごした。

国境周辺がまだ不安定でなく、同盟を結んだ国同士が親しくつき合っていた頃のことだ。

ミリアンは土だらけになったドレスを手で払い、なんでもないような顔をしてみせた。すると少年が眉尻《まゆじり》を下げてため息をつき、手をさし伸べてくる。

『きみはいっつも強がりを言うんだから。ほら、甘えたいときは甘えていいんだよ』

手を引っ張り上げるどころか抱き上げてくれようとする少年に、ミリアンは顔を赤くしつつ頑なに首を振った。

『だってわたし王女なんですもの。しっかりしなくちゃいけないのよ』

『えらいんだね、君は。でも、ぼくにだけは甘えていいんだよ。将来けっこんする相手なんだから』

『わたしと将来けっこんしてくださるの？』

翠玉石色の瞳を輝かせて聞き返すと、少年は照れくさそうに言った。

『もちろん、君がいいって言ってくれたらだけど』

『ええ、いいわ。ずっとなかよしでいましょう、約束よ』

父王に連れられ、国が重視しているノベンツァー鉱山への視察に出てきていたミリアンは、すぐ付近にある湖の近くにいつも現れる少年と親しくなった。

彼は近くの修道院に預けられているのだという。

まだ小さな姫君だったミリアンにとって、大人の政務の間はとても退屈だったので、少年と遊ぶ時間は夢のひとときだった。

馬に一緒に乗せてもらったり、湖で魚を捕まえたり、氷の張られた湖で滑ってみたり。時々ドレスを台無しにして叱《しか》られることもあったが、ミリアンにはかけがえのない大切な日々だった。

しかしそんな夢の日々は長くは続かなかった。国境が不安定になり、二人は前のように会えなくなったのだ。

ミリアンが十歳になって護衛がつき一人で外出できるようになってからも、社交界でのお披露目を迎えた十六歳になっても、あの湖で少年には一度も会えなかった。

会いたい。

今、どうしているの――？

ずっと仲良しでいましょうって誓ったのに。

私たち、将来結婚するって約束したのに。

少年の名前は……アンリよ。菫色の瞳をした私だけの王子様なの。笑うととても可愛いの。

わかることはただそれだけ……。いつになったらアンリに会えるのかしら。

――そう思いつづけた日々は突然終わりを告げる。ついに隣国が帝国の侵略によって滅ぼされ、国境に完全に近づけなくなってしまったのだ。

ある冬の日、昔アンリと遊んだ湖によく似た場所を見つけたミリアンは、護衛をともなって散歩に出かけていた。いつも思い出すのはアンリとのことばかり。その日も彼のことを恋しく思っていた。

いつまで待っていても来ないわ。帰らなくちゃ……せめて無事で生きていますように。

願いを込めて湖を離れようとしたとき、突然、湖の氷に落雷の筋のような亀裂が走った。

『王女殿下！』

テオドールの声が聞こえたときには、ミリアンは氷の湖に落ちていた。

悲鳴さえ上げるまもなく、氷の破片がやわらかなミリアンの肌に猛然と突き刺さろうとする。必死に逃れようと手を伸ばしたけれど、足に冷たい水が浸かって引きずり込まれていく。

――助けて。アンリ……あなたに会えないまま死んじゃうのはいやよ。

いつか生きていれば会えるでしょう。だから私誓ったの。絶対に私はずっと生きているって。

でも、もうだめね……冷たくて息ができないわ。

意識を手放しそうになったとき、ミリアンの小さな身体を包み込んでくれたのは、男の力強い腕だった。

ふわっと身体が舞い上がる浮遊感と共に、菫色の瞳がミリアンを心配そうに見つめていた。

ミリアンはその瞳にアンリの面影を探し、胸を焦がした。

目の前にいるのはアンリではない。けれど特徴的な菫色の瞳がとても似ている。心なしか表情なども。助けてくれたのは王女付きの騎士であるテオドールだ。

『王女殿下』

『――テオドール、私、助かったのね』

王女殿下なんて呼ばないで。私ずっと聞きたかったのよ。あなたは……アンリではないのかしらって。亡国から逃れ、騎士として私を迎えに来てくれたという淡い期待を抱いたのは、私の勝手な思い違いでしかないのかしら……？

――と、その時、光の矢が鋭く差し込んできたのを感じて、ミリアンはハッと目を開けた。

「お気づきですか？　ミリアン王女」

低く通る声。

テオドール……の声ではない。

ミリアンの視線の先には、銀色の長髪の男……ヴァレリーがいた。彼はソファに腰を下ろし、悠然と長い脚を組んでいたが、ミリアンがベッドから身体を起こすのを見計らい、立ち上がってこちらにやってくる。

……夢……だったのね。

そればかりか、ヴァレリーに囚《とら》われたことこそが夢ではなかったことにミリアンは落胆した。

たしか薄暗い部屋にいたはずだが、ここは王族の私室あるいは執務室に備えられた寝室のように見える。

ミリアンの身体には男に拓かれた異物感がまだあり、腰の奥に気だるさが広がっている。

幸い血が流れたわけではないのか、それとも部屋を替えられたからわからないだけなのか、リネンには情交の跡はない。とにかくヴァレリーに奪われてしまったのは事実だ。

今さらそれを実感してしまい、身体が震える。

大きな窓辺からは明るい陽光が燦々《さんさん》と入り込み、男の銀髪や海のような瞳、さらに軍服の勲章や略綬……すらりとした長靴に至るまで艶やかに照らしていた。

「ここは……どこなのですか？」

不安げに問いかけるミリアンに、立派な体格をした男が近づいてくる。

「あなたには本棟から離れ、私が住まう棟に移ってもらいました」

「……ここはあなたの部屋ということ？」

「ええ。執務室です。ベッドは仮眠用のものですが、あなた一人を抱くのに不自由はしませんね」

碧い瞳には嘲笑《ちょうしょう》の色が浮かんでいる。

ミリアンは条件反射でかぁっと顔を赤くしながら、必死に訴えた。

「何を言っているの。検査は終わったのでしょう？　騎士団や侍女は本当に皆……無事なの？　今すぐに会わせて！」

「この期に及んで、やはり臣下の心配をなさるのですね。まあ、あなたの人となりは……昨晩の行動でわかりました。それから、初めてだったにもかかわらず私の腕の中でもっとして欲しいとよがるあなたは……最高に妖艶《ようえん》で綺麗でしたよ」

舐めるような視線に耐えきれず、ミリアンは声を張り上げた。

「……とにかく、現状を教えてください」

「騎士団の皆さんは無事です。あなたの疑惑もひとまずは晴れました」

無事と聞いてテオドールのことを思い浮かべ、ホッとするミリアンだったが、とりあえず……という言葉が引っかかった。

「それでは、皇帝陛下にはお会いできるのですね？　昨晩そう約束したはずです」

「他の男に抱かれた身体のままで皇帝陛下に謁見を申し込むというのですか」

いやな感じだ。わざと侮蔑《ぶべつ》するような言い方をする。昨晩彼に感じた特別な感情はやはりすべて媚薬のせいだったに違いない。

「まあ、あれほど淫らに泣き叫ぶ声を上げていれば、立会人もあなたが純潔であったと納得したことでしょう。本来ならば目の前で専任の者があなたを試すはずでしたが、女性を乱暴に抱くことは私の趣向ではありませんから」

ミリアンはヴァレリーを見つめる。彼の碧い瞳は感情が見えづらい。彼は拷問を受けるはずだったミリアンを引き受け、自身で検査官になったということなのか。そうしたのはなぜなのか。ヴァレリーの思惑が読めず、ミリアンは困惑する。

「……どういう……」

「説明したはずですよ。私は皇帝を守らなくてはならない人間です。貴方が陛下の命に関わるようなものを持ち込んでいないか検査する役割がある……と。何事もなく最後まで交われたということは貴方の身の潔白が証明されたということです。改めてお聞きしますが、あなたは陛下の妃候補として志願しに来たのですね」

「……そうです」

「しかし、大事なことをお伝えしますが、陛下は基本的に女性が嫌いです。これまでいくら妃候補を用意したところで納得しませんでした。もう何百人と押しかけ、そろそろ辟易《へきえき》しているのです。たとえあなたが先々代の血を引く女性でも……陛下にとって交渉は魅力的に映らないでしょう」

諦めなさい、と言わんばかりの表情。この男はすべてお見通しのようだ。

「それなら、なぜ私を迎え入れたのですか。迎えに来てくださった時点で事情を説明し、追い返せばよかったのではないですか」

女性を嫌っているという情報はテオドールから事前に聞いていたが、それを承知でミリアンはやってきた。門前払いされてしまうというのならまだ理解できた。人の身体を検査しておきながら会うことさえできないなどと言われ、引き下がれるものだろうか。捨て身のミリアンにはもう他に手立てはないのだ。

苛立《いらだ》つミリアンに対し、ヴァレリーは冷静だった。

「友好的に……という言葉があったからです。ノベンツァー鉱山について政治的な交渉をしに来たのだと陛下は期待したそうですが、現実は違う目的ということがわかりました。陛下は女性のあざとさにご立腹のよう。それで私は陛下に命じられ、貴方の今後のことを任されたのです」

「そんな。陛下は誤解しているんです。どうしたら……許可してもらえるの？」

「私の言うことに従ってもらいます。ただそれだけです」

にこり、と碧い瞳が微笑む。

「従うって……ただそれだけって……あなたなんて信用ならない」

ミリアンは警戒心を露《あら》わにし、ヴァレリーを睨みつける。

「私としても陛下には早々に伴侶《はんりょ》を見つけていただきたいと思っています。ですから、まずは私が見極めて女性を選んでいるのです。陛下にはそれまで志願してきた女性と会わせません。不要に煩わしい思いをすることもありませんからね。もちろん、怪しい女性など近づけさせられません」

ヴァレリーの視線が試すようにミリアンを見る。

「大抵の女性は腹の中で様々なことを企《たくら》んでいるものです。しかし私に言い寄られれば、あっさりと陛下への想いを失うのです。そんな女性を陛下に会わせるわけにはいきません」

昨晩のようなことが今までもあったということだろうか。ヴァレリーは皇帝に言い寄る女性を排除し選別してきたということなのだろうか。そう考えたら、胸の中に靄がかかるような気分だった。

「私は違うわ！」

「あれほど……淫らに感じていたではないですか。もっともっととねだって、私を離さなかったのは王女殿下、貴方ですよ」

ミリアンは負けじと言い返す。

「あなたじゃない……陛下の望むままに応じたのよ。王女としてやるべきことがあるの。友好的に寄り添いたい。きっといい方向に行かせてみせる。陛下の傍にいさせてほしいのです。その思いは変わらないわ」

卑怯《ひきょう》な真似をするのなら、こちらだって黙ってはいられない。なんとしても皇帝に会い、まずは誤解を解かなくてはならない。

ミリアンのまっすぐな瞳をじっと見つめ返し、ヴァレリーはため息をつく。

「……貴方の思いはわかりました。とにかく湯あみをしましょう。いつまでもその身体ではいられないでしょう」

ヴァレリーはそう言い、ベッドにいたミリアンを唐突に抱き上げた。

「きゃっ……何するのっ」

「ですから、あなたをお風呂に入れてさしあげるのですよ」

至極当然のように飄々《ひょうひょう》と言ってのけるヴァレリーにミリアンは反論する。

「……そういうことは、元帥閣下……あなたのやるべき仕事ではないでしょう。私の侍女を呼んでください」

「いいえ。元帥としての政務の傍ら、妃候補の教育をするのが私の仕事です」

ミリアンは弾かれたようにヴァレリーの顔を見つめた。

「あなたが望んだのでしょう？　陛下の花嫁になりたいと。私は陛下の側近として身を預かっていると言ったでしょう？」

思わせぶりなヴァレリーの言い方に、ミリアンは戸惑いながら尋ねる。

「つまり、協力してくださるということ……？」

訝《いぶか》しむ瞳でミリアンがヴァレリーを見ると、彼はふっと口端を上げた。

「合格できるかどうかは、もちろんあなた次第ですが——純潔を証明してくださった貴方を、悪いようにはいたしませんからご安心を。王女殿下」

それだけ言って、ヴァレリーはミリアンを幼い姫君を守るかのように丁寧に腕に包み、湯殿に連れ去るのだった。


「さあ、ここでドレスを脱いでください」

ヴァレリーが腕を組みながら、湯殿の前でミリアンを監視している。どうやら彼はどく気がないようだ。

「あの、湯あみ用の布は……」

「そんなものはありませんよ。ぐずぐずしないで脱いでください。あなたが脱がせてほしいと言うなら手伝いますが？」

ヴァレリーはわざと意地悪なことを言っているのかもしれない。彼はミリアンを王女殿下などと敬意を払いながら、見下すかのように傲慢に言う。それがミリアンをむっとさせた。

「……っ……自分でするわ」

ミリアンはふいっと背中を向けて、震える手で夜着を脱ぐ。彼の移り香なのか麝香のような匂いがふわりと鼻腔をくすぐり、どきりとする。彼に脱がされているわけでもないのに、そうされているような錯覚に陥りそうで、頭の中で必死にかき消した。

——けして、この男に心を許したわけではない。身体を奪われたのは不可抗力。そうしなければ陛下に会えないというのだから、仕方のないことだったのよ。

ミリアンは言い聞かせながらドレスの紐《ひも》をほどいた。

サファイア色のドレスがするすると足元で水たまりのように広がる。何も身に着けていない状態で、背後にヴァレリーがいると思うと不安でならなくなる。

——合格するってどういうことなの。彼を納得させなければ、陛下の妃候補として会わせてもらうことはできない。どうしたらいいというのかしら。

ちらりと振り返ると、ヴァレリーが上着を脱ぎ、クラヴァットや釦《ボタン》を外し、裸になりはじめたから驚く。

「なっ……何をなさって……」

ミリアンはそう言いかけて、ヴァレリーの身体を改めて目にし、息を呑んだ。

昨晩はすべてを脱がされたのはミリアンだけで、ヴァレリーの身体はちらちらと見え隠れするだけだったが、見事に鍛えられた上腕二頭筋、割れた腹筋、引き締まった腰が露わになり、獣のような色気に魅せられ、不覚にも鼓動が速まってしまう。

こうして改めて見ると、彼の身体に残った傷痕《きずあと》から軍人の道を究《きわ》めてきた歴史がうかがえるようだった。

銀の髪をさらりとかき上げ、ヴァレリーがこちらを振り向く。獰猛な視線と交わり、ミリアンは不覚にもドキリとした。

「さあ王女殿下、こちらを向いて、私とくちづけを……」

ヴァレリーが哀願するように耳の傍で囁きかけてきて、ミリアンは訥々と尋ねた。

「……なぜ、あなたと……話が違うわ。まだ検査をするというの」

「いいえ。教育のはじまりですよ。私の言うことは絶対です。陛下に会いたいのならば、貴方はおとなしく従うしかありません。できないのなら……貴方の身一つで帰っていただきましょう」

「……っ、ひどいわ」

「ひどいことはしません。そう告げたはずです。貴方を陛下にさし出せるような女性に、私が教育させていただかなくてはなりません」

ぷいっとミリアンが顔を逸らすと、顎を掴まれてヴァレリーの方を向かせられてしまった。

「まさかパラディン王国の王女殿下が、これほどまで勝気とは……思いませんでした。このままでは陛下に会わせられません。もう少ししおらしくなさい。これからは私は貴方の教育係です。いいですね？」

ミリアンは捕らえられた獲物のように、ヴァレリーのくちづけを受け入れる他なかった。反論するまもなく唇を強引に奪われ、濡れた舌が滑り込んでくると、否応なしに昨晩彼に貫かれた奥が疼く。身体はきちんとその人を覚えているらしい。舌が絡められるたびに、奥を探られた感触が鮮やかに脳裏に蘇《よみがえ》ってきてしまい、腰ががくりと抜けそうになった。それをヴァレリーが抱きかかえ、舌をやさしく絡めてくる。

昨晩とは違った、うっとりとするような甘いくちづけに、ミリアンは混乱する。やさしく髪を撫でられ、震える舌先をなだめるように絡める動きは、まるで恋人にしているかのようだったからだ。

やがてねっとりと口腔を舐っていた舌が離され、焦点が合わぬほどの至近距離で碧い瞳に見つめられ、ミリアンはどうしていいかわからなくなり視線を逸らす。すると、くすりと耳障りな嘲笑の声が漏れてくる。

「そう、そのように私を恋人だとでも思ってくだされればよいです」

「恋人、なんかじゃ……ないわ」

「ものの例えですよ。さあ、お湯の中へ」

ヴァレリーの熱い吐息が耳朶を濡らす。ミリアンは裸のままでいるのもいたたまれなくなり、彼の命令通り湯船の中に足をそろりと入れた。

ちょうどよく準備してあったのだろう。湯が肌に心地のいい温度だ。おそるおそる身を沈めて背を向けていると、ヴァレリーがざぶりと入ってきてバスタブの湯がこぼれる。

ミリアンは緊張に身を包み、彼からできるだけ離れようとするが、後ろから抱きすくめられたから驚く。

「は、離れて……そんなにくっつく必要はないでしょう？」

「貴方を綺麗にしてさしあげなくてはなりませんから。離れていては洗えません」

「……っ」

彼が金の蛇口を捻《ひね》ると、新たな湯が流れてくる。パラディンでは湯を桶《おけ》にためて何度も使用人が往復しなければ入浴は叶わないので、非日常的な光景だった。何より異様なのは、凜々しい体軀をした男がすべてを脱いで、ミリアンを風呂に入れているということだ。

――教育だなんて。恋人だと思えなんて……。

二人が悠々と入れる大きさの湯船ではあるが、なぜ彼と入らなくてはならないのか。

背を向けて固まっていたところ、あっというまに彼の腕の中に抱きしめられてしまう。

オリーブ石鹸《せっけん》で泡立てた手で肌をぬるりと触られ、ひゃあっと声が漏れる。

「なぜ背中ばかりを見せるのでしょう。貴方は後ろから抱かれるのが好きなのですか？」

うなじにくちづけられ、ミリアンは肩を吊《つ》り上げる。

「……まっすぐに見られないだけです。こんなこと……経験がないもの」

「男の身体を見られないような方が、陛下のお相手をするのは無理ですよ。私を陛下だと思い、自分から誘うようでなくては」

揶揄するような笑い声に、ミリアンはむっと腹を立てる。

「あなたはいやな人だわ……」

「私でなければ代わりの男が検査し、同じように教育するだけですよ」

「……その方が……気が楽です。私を……あんなふうに奪ったあなたじゃない方が」

「あなたは男性というものをご存じでないからそう言えるのです。貴方をもっと痛めつけるような人間でもよいのですか？　それから、陛下が紳士であるということを期待するなら無駄ですよ」

肩を震わせていると、後ろから抱きしめられ、あっと声が漏れてしまう。

「貴方に覚悟があるなら、妻として夫を悦ばせるための躾《しつけ》からはじめましょう。そんなに頑なになっては愛せません」

後ろから伸びてきた武骨な手がまろやかな乳房を揉み上げ、きゅっと戒めるように乳首を抓《つね》ってくる。

「ふ、ぁっ……」

催促するようにうなじをちゅうっと吸われ、ため息のような喘ぎがこぼれた。

「さあ、そろそろ観念してこちらを向きなさい」

肩を引き寄せられ、ミリアンはそのままヴァレリーの方を向かされてしまう。

長い銀の髪を束ねた端整な顔立ちをした男は、満足げにミリアンを眺めていた。

ヴァレリーの顔が近づいてくる。長い睫毛までもが銀色で、天使の羽根を思わせるかのように綺麗だ。しかしこの男のすることは悪魔のような行為だ。

舌を差し込まれ、喉の奥までくすぐるように上顎を舐られ、力が抜ける。ビクンと身体を揺らした弾みでちゃぷんと湯が弾けた。

彼の逞しい腕に引き寄せられた腰が、引き締まった腹筋に密着し、彼の硬い胸板に擦れる乳房の先には、くちづけをしながら擦れ合うたびにジンジンと甘い痺れが走る。

唇が離れたかと思いきや、顎の先を舐り、輪郭をなぞり上げるように耳朶を食みながら、胸の膨らみを武骨な手のひらに包んだ。

「ん、……はぁ、……ぅ……」

やわやわと這わされる彼の手のひらや、濡れたなめらかな舌の感触に、力が抜けてしまいそうになる。

……今日は媚薬など盛られていないのに、どうしてこんなふうに感じてしまうの。

「先程の威勢はどうしたのです？　ずいぶんと従順ですね。もうその気になってしまわれたのですか？」

声を潜めるように艶やかに囁かれ、ミリアンは肩を揺らして感じながら、王女の威厳を損なっていたことを恥じて、反論する。

「違うわ……勝手にされているだけ……ですもの」

「……集中しなさい。身体の方は正直です。私に触れて欲しくてそそり立っていますよ」

きゅうっと蕾を摘ままれ、ミリアンの身体が跳ねる。

「ん、あっぁっ……摘ままないで」

ミリアンの制止など聞いてくれるはずもなく、ヴァレリーは片手でまろやかな胸を堪能するように揉みながら指の腹で器用に押し潰し、もう片方の手で湯船の中に隠れた秘所の突起を弄る。

「……ここがぬるついているようですよ」

「ん、……や、っ……」

ヴァレリーの胸に凭《もた》れかかるようにして顔を隠すと、下腹部をぐいっと抱かれ、彼の膝の上に座らされてしまう。

「あなたは私のことが嫌いなのではないですか？」

「……きら、いよっ……」

「それなのに感じるのですか？　では、貴方は虐げられることで悦びを感じるのですね。なるほど、そういう嗜好ですか。陛下にお伝えしておきましょう」

「ちが……うわっ……」

ヴァレリーの碧い瞳が妖《あや》しげな色を浮かべる。湯が揺れていたと思ったら、みるみるうちに嵩《かさ》がなくなり、泡まみれの乳房から下までが見えるようになってしまう。

「やっ……」

「あなたが否定ばかりするので、本当のところを確かめなくては……さあ」

ヴァレリーの膝に座っている体勢から膝を持ち上げられ、それぞれ左右にバスタブの縁に広げられてしまう。

「ぱっくりと割れているところが丸見えですね」

「……やめて、……こんな格好、はずかしいの……いやよ」

「いやだと言いながら、あなたのここは溢れてる……ほら、こうして……私の指を呑み込んでいくでしょう」

ヴァレリーの長い指先が二本、蜜に濡れた淫唇を拓くようにぬぷっと挿入《はい》ってくる。

「あ、あ、っ」

昨晩拓かれたからか、思った以上にすんなりと中に指が入ってきて、一気に中を満たされ、下腹部が引き攣る。

「きちんと洗わなくてはなりませんよ。中まで隅々を……」

「あ、いや、ん、……そんな、……かきまわさ……ないでっ」

膣肉を広げるかのようにかき回され、ちゅくちゅくと淫猥な水音がバスルームに響く。彼の指に弄られて花唇が悶《もだ》えるようにひくついているのが丸見えなのが恥ずかしく、ミリアンは喉を反らしながらいやいやとかぶりを振る。

すると後ろから覗き込んできた彼に顎をついと持ち上げられ、上から唇を塞がれてしまう。

「ん、ん、……ぅっ……」

指が折り曲げられ、くねくねと感じる部分を探るように動きながら、口腔を彼の舌が蠢く。さらに敏感になった花芽を剝かれ、露わになった紅玉を擦られた瞬間、目の前が真っ白に染まった。

びく、びく……と魚のように跳ね上がり、呼吸するのさえままならない。彼の指の動きはやまない。ぬるついた中を掘削するように抽挿を繰り返し、ぐちゅぐちゅと粘着質な音を立て続ける。

「んっ……ふ、ぁっ……やぁっ……指、やっ……抜いてっ……」

ミリアンは腰を揺らしながら必死に哀願した。両脚はバスタブに引っかかるように広げているし、後ろからヴァレリーに抱きしめられているから、せめて腰を浮かせて抵抗するしかなかった。しかし、そうすることでかえってヴァレリーの指を締めつけ、掘削する指の淫らな蠢きに快楽を煽られてしまうだけだった。

「ああ、……ねっとりと絡みついてきますよ。これは昨晩の名残でしょうか。それとも今？」

「し、しらな、い……っ」

ヴァレリーの指戯はけして性急でも乱雑でもない。じっくりと種火を灯すかのように焦れた動きで抜き差しし、やさしく花芯をくりくりと擦るだけ。

それが逆にミリアンにとっては爆発しそうなほどの愉悦を下腹部に集める原因になっていた。

内腿を引き攣らせるように反応していたら、ヴァレリーの指が奥まで攻めてきて、さらに指を増やす。

「んん、……あぁっ……は、……」

「二本……咥えられるようになりましたね」

ふっとヴァレリーは嗜虐的に微笑みながら、ざらついた襞の上壁を捏ね回した。

「あ、んぅ……やんん……だめ、……」

ヴァレリーがミリアンの喘ぐ唇を塞ぎ、舌をねっとりと絡めながら激しい動きに変えてきた。

野性の瞳がうっすらと見開かれ、可憐な乙女の秘唇をじっくりと味わうように指を巧みに動かす。感じるところを抉られ、ちゃぷちゃぷと浅瀬で魚が跳ねるようにミリアンの腰が浮き沈みする。

「ふあ、……あっ……っ」

羞恥や屈辱といった感情を上回る喜悦が込み上げ、ミリアンは脚をばたつかせて仰け反った。

「あ、あ、あっ……だめ、……もっ……それ以上、やっ……あっ……」

今すぐにものぼりつめそうな激しい衝動が駆け上がってきていた。ヴァレリーの指がやわらかい襞を押し広げるように捏ね回しながら敏感な肉芽を擦り上げてくる。

激しい尿意のようなものを感じ、ミリアンは必死に懇願した。

「あ、んぅ、……あ、あっ……でちゃう、のっ……やめてっ……あ、あ、あ、っ……！」

ヴァレリーの指が絶頂へと誘《いざな》う。目の前が真っ白に弾けた瞬間、秘めた奥底から勢いよく熱い飛沫《しぶき》が迸り、びくんびくんと腰を揺らした。

「綺麗に中まで洗ってさしあげているだけで、潮を噴くほど感じてしまわれるとは……淫らな王女様ですね」

臣下を前にして失禁してしまうなんて、ミリアンは恥ずかしくて消えてしまいたかった。蜜壺にさし込まれていたヴァレリーの指がぬぷんっと抜け、取り上げられた快感を惜しむかのように中が甘くよじれ、収斂を繰り返している。

「あ、ぁ……」

焦れた疼きを抑えたくて内腿を閉じると、ずるりとバスタブに身体が沈み、支えてくれたヴァレリーの硬い胸板にしなだれかかってしまった。

顎をついと持ち上げられ、ミリアンは濡れた瞳でヴァレリーを見つめる。彼の瞳も熱っぽく潤んでいる。

「……欲しいですか？　もっと強い快感を……貴方が一言欲しいと言ったら、ご褒美にいかせてあげますよ」

「……っ」

ミリアンは唇をきゅうっと噛む。ここで彼に従ったらもうずっと従属しなくてはならなくなるだろう。

「言えないならお預けですよ。さあ、身体を流して……次は勝手に感じたお仕置きです」

お仕置き……と聞いて、ぬくりと蠢く中がにくらしい。こんなはしたない自分など知らない。まさかまだ媚薬が身体を蝕んでいるのではないだろうか。もっと深い快感が欲しいと悲鳴を上げているかのように身体がうずうずと疼く。

綺麗な湯で身体の泡を流されたあとで、ヴァレリーはバスタブの中でミリアンを跪かせ、唇を重ねてきた。

口腔に忍んできた舌がねっとりと絡まる感触が心地よく、ミリアンは目を閉じながら震えていた。

のぼせたからではないし、寒いからでもない。絶頂を迎えたあとも快楽の微熱がじくじくとおさまらなかったのだ。

ヴァレリーの舌が離れ、目が合った瞬間、ミリアンは潤んだ瞳を伏せた。

「さあ、次はあなたの番ですよ。しっかり覚えてくださいね」

何を、と顔を上げたところ、手を引っ張られ、彼の昂った屹立を握らされてしまった。

「きゃっ」

初めて触れる感触に思わず離してしまいそうになると、ヴァレリーの手がミリアンの後頭部を軽く支え、先端で唇を開かせた。

「ん、……ふ、ぁ……」

「花嫁になるからには、これぐらいできてもらわなければ、陛下は納得しませんよ」

「……どうするか、なんて……わかりません」

「そのために私がいるのでしょう。ほら、あなたの唇と舌を使って、くちづけをするときのように舐めてください。もう何度も練習をしたでしょう」

おそるおそる唇を開こうとしたところで、彼が自分から腰を前に動かし、ミリアンの艶やかな唇に押し入ってくる。

「んん、んぅ……」

オリーブ石鹸の香りとは別の苦みが口腔に広がっていく。まるで青い果実を食んでいるようだった。

「ん、……はぁ、」

舌をそろりと動かすと、わずかに彼の猛々しい肉棒がぴくりと反応した。手で支えてみたところ、想像していた以上にあたたかく、脈動しているところが熱い。まるで彼のもう一つの心臓みたいだ。

「そう、舌を下から上へ、時々左右に動かしながら、尖端をしゃぶるように舐めて、手を動かしながら呑み込んでください」

言われるままにミリアンは手を動かしながら、彼の屹立を咥え、そして舐った。

手のひらで扱きながら硬くなっていくものを感じて、昨晩はこれが体内を満たしていたのだ、と思うと、急に身体が熱を帯びはじめた。

時々、彼の薄い唇から吐息が零れ、潤んだ眼差しが注がれてくる。その表情はえも言われぬ色気があり、ミリアンの秘めた欲望を刺激する。

と、唐突にヴァレリーの手がミリアンの乳房に伸びてきて、硬く尖った頂を押したり弾いたり転がしたりする。彼の淫らな妨害に耐えきれなくなって唇を離すと、唾液にまみれて赤々と脈打つ屹立が頬に当たった。

「ん、は、ぁ、……」

さっき握ったとき以上に大きく張りつめた肉棒は赤々と脈を打っていて卑猥な造形をしていた。昨晩はこんなに大きなもので中を貫かれたのだと思っても、信じがたかった。

「たどたどしいのもまあ時にはそそっていいでしょう。次は後ろを向きなさい」

命じられ、ミリアンは四つん這いにさせられてしまう。これでは、まるで動物の交尾のようだ、と羞恥と屈辱でミリアンはぎゅうっと手に力を込める。ぬる、と秘めたところに熱いものが触れて、まさか後ろから貫くつもりなのでは……と焦る。

ヴァレリーが秘唇に指を這わせ、今にも挿入しようとしている。

「あ、っあ、っ……」

指が一本入口を弄んだだけで焼けるような愉悦が込み上げ、背中がびくりとしなる。ヴァレリーの長い指が這わされるたびに、いやいやと腰を振って抗った。そのたびに指の挿入は深くなるのに、奥までおさめずに抜かれてしまう。それがもどかしくてならなかった。

「あ、あぁ……」

「もっと中を弄ってほしいですか？　さっき以上にねっとりと濡れていますね。まさか私のものを頬張りながら、感じていたのですか？　やはりあなたは辱められるのがお好きなようですね」

嘲笑するような声に、羞恥の熱が走る。

「……ちがう、わっ……」

ミリアンは首を振った。しかし彼にはお見通しだった。

「昨晩じっくり観察しましたから、とっくにわかっていますよ。今も貴方がどんなふうに感じていたかなど。淫らな王女様は……ここを舐められるのがとても好きでしょう？」

媚肉を両手で広げられ、ぱっくりと割れたところに唐突に彼の唇が吸いついてきた。

「ひっああっ」

敏感な花芽を剝きながら紅玉をちゅうっと刺激され、ミリアンは背をしならせ、たまらず腰を振る。それがなおさら刺激になってしまい、喉の奥がひくんっと戦慄き、涙がこぼれる。

「あ、あん、あっ……」

浅いところで探っていた指を肉洞の深いところまで埋め込まれ、あの絶頂間近に取り上げられた熱が一気にまた蘇ってくる。それを追い立てるように濡れた舌が淫らな粒を責める。

「あ、あ、あ、っ……一緒に……いま、……だめっ……！」

「ほら、好きでしょう？　可愛い声で啼いて……身体を震わせているじゃないですか」

「あ、あっ……んんっ……」

がくがくと腕をついてバスタブの縁に這いつくばると、業を煮やしたヴァレリーの手に腰をぐっと上げさせられ、ずるりと引き抜いた指の代わりにいきなり硬い熱棒が押し込まれた。

「あ、あああっ……！」

灼熱の楔を咥え込んだところから、背筋まで一気に痺れが走り、目の前が白く弾けた。

挿入した直後から荒々しく抽挿がはじめられてしまい、ぱちん、ぱちん、と弾ける音が響く。

「今日の貴方は素直でよいですね。私を欲して呑み込んでくださっているようです。とても可愛らしい……これが奥まで欲しかったのでしょう？　もっとたくさん声を出していいのですよ。さあ、啼《な》きなさい」

丸い尻を叩《たた》きつけるように彼の腰が何度も近づいては離れ、張りつめた切っ先で感じるつぼを抉る。

「あん、あっ……あっ……やぁっ……あっ」

何度も弄られているとはいえ、拓かれたばかりの内部は狭い。いきり立った彼の熱棒は挿入したときから大きく張りつめていて、かなりの質量があった。根元まで広げるように挿入されると息が詰まる。

「……焦らされた分きもちいいでしょう？　こうしてあなたは陛下を虜《とりこ》にしてさしあげればいいのですよ」

ヴァレリーの思惑を今さら理解する。焦らされた分だけ快楽は大きなものになる。人の感情や想いも、肉体的に与えられるものも。

腰を引き寄せられ、ずちゅずちゅっと音を立てながら揺さぶり立てられ、目の前が甘く蕩けていく。

「あん、あっ！　あ！　あっん」

前に回ってきた彼の指先が硬くなった粒を擦りつけてきて、さらなる快楽に苛まれ、あどけない唇からは啜り泣くような喘ぎがこぼれる。ふわり、ふわりと浮遊感が何度も襲ってきて、甘い愉悦がどんどんミリアンを追いつめていく。

「……ああ、いっちゃ、……うわ、……わたし、……ああっ……もう、だめなの……っ許してっ」

「まだ、だめですよ。もっとたくさん感じなさい」

ヴァレリーは容赦なく中を味わうように腰を押し回し、ゆったりとした速度で抽挿を繰り返した。それはあまりにも焦れったくもどかしく、大きな快楽の波に何度も身を焦がされ、ミリアンの翠玉石の瞳から、ついに涙がぽろぽろと涙がこぼれた。

それはつらいからではない。快楽の萌芽による歓喜の涙だ。

「は、あぁ、っ……ん、……」

ヴァレリーの長大な雄芯に突かれるたびにすべてを受け止めたくてねとねとと粘膜が絡みつき、喰いしめていく。絶妙な角度に張り上がった亀頭でぐりぐりと奥を弄られると、あっという間にのぼりつめてしまいそうになる。

いつしかミリアンは彼の屹立の形を感じられるように自分から腰を動かしてしまっていた。

「いやらしく腰をくねらせて……もどかしくてなりませんか？　いかせて欲しいですか？」

ずんっと最奥を貫き、また取り上げるように引き抜かれ、そこから動こうとしないヴァレリーをうらめしく思う。

「あ、あぁっ……んん、……おねがい、……です……もうっ……はぁ、……」

内腿を震わせながら、ミリアンは蕩けた瞳で懇願する。

「言いなさい。どうされたいのか……」

「……もっと、……っ」

それ以上自分の口から言うことが浅ましくて堪えていると、ゆっくりと抜いては差し、いじわるな動きで腰を動かしてくる。

「ちゃんと言わなければ、あげませんよ」

「は、……あぁっ……」

激しく突き上げられるよりもずっともどかしい愉悦に苛まれ、ミリアンは甘い嬌声を上げる。これ以上されたらおかしくなってしまう。

「もっと、どうされたいのです。言いなさい」

艶然と微笑みながら腰をゆっくりと動かし、雄芯で円を描くように中をほぐしてくる。そのヴァレリーのいじわるな動きを追うようにミリアンの中が吸いついていく。

ずるりと屹立が抜け出ていこうとするとき、喉の奥から羞恥心が引き剝がされるようにすんなりと言葉がこぼれだした。

「……っ……はげしく、してほし……ん、です……っああ、……」

恥ずかしいよりも今はもっと欲しい。延々とつづく焦れた動きは泣きたくなるほどつらい。

「激しいだけでいいんですか？」

ずんっずんっと激しく突きながら、ヴァレリーが追いつめてくる。けれど、達してしまいそうになるのを見計らうと、今度はその抽挿をゆっくりと押し広げるような緩慢な動きに変え、刀身を埋める。その行為がミリアンを焦らして疼かせ、ミリアンはついに泣きながら懇願した。

「あ、あん！　ああっ……いじわる、やっ……」

「はっきり言いなさい。それともここでやめて、自慰行為をしてもらいましょうか？　もちろん私が見ている目の前で」

「やっ……いき、たいの……おねが、いっ……いかせて、……っ」

叫ぶように言った言葉に燃えるように恥ずかしくなり、ミリアンはきゅうっと瞼を閉じた。

「よいでしょう。合格です。では……あなたの望み通りにしてさしあげましょう」

焦らすように今にも抜け出そうだった熱の楔が、再びゆっくりと挿入され、ミリアンが戦慄くと、ずんっと最奥を突き上げた。

「あ、あ、ああ！」

涙をこぼしながら、ミリアンは彼を受け入れ、腰を揺り動かした。

より密着度を上げ、激しく揺さぶるように断続的な抽挿が繰り返されると、膨らんだ雄芯が最奥を突くのが蕩けそうにきもちよく、幾度となくつづけられる行為にもう何も考えられなくなってしまう。

「は、ぁ、っ……ん、あぁ、っ……あぁっ……いいっ……んっ……！　あぁぁ……！」

腰を振りたくるようにくねらせ、ミリアンはヴァレリーから与えられる愉悦に身悶える。

密着した中がぬめぬめと絡んで雌雄が淫らに幾度も交わる。

凶器と思えるほどの質量をたたえた熱の楔が、濡れそぼった陰唇を開いて蜜壁を擦り上げるさなか、やさしく花芽を包むように蜜をまぶした指の腹が絶頂へと導きはじめた。

「あんっ……あっ……そこ、だめ、一緒に、しちゃ……あぁ、……っ」

「こんなに締めつけて……。同時にされるとイイですか？　貴方の中がますます絡みついてきましたよ」

激しい抽挿とやわらかな愛撫に、ミリアンはのぼりつめつつあった。

背中にぴたりと覆いかぶさるような体勢から深くねじ込まれ、彼の張りつめた刀身が狭隘な肉襞を押し上げ、よりいっそう官能の頂点を極めていく。

耳朶をねっとりと食まれた瞬間、ぞくんと背筋が弓なりに反った。

「あっ……あぁぁっ……！」

彼の肉棒は構わずに激しく突き入ってくる。

重力でたわむ乳房を揉んでいた手が、硬くしこった頂を指の腹に挟んで擦りつけてきて、結合部分の肉芽を同時に指の腹で弄ってくる。

あまつさえ膨らんだ切っ先が体内の終着点を蕩けさせていた。快楽の極みである三点を同時に責められ、ミリアンの視界が白く染まりはじめた。

「ん、ああっ……はぁ、ぅ……あぁ、……ん、……あっ……」

「ほら、いきなさい……もっと腰を揺らして、好きなように動きなさい。欲しいのでしょう？」

ずぷずぷと激しく腰を揺さぶられ、ミリアンは顎を反らしながら、何度も引き寄せられる臀部の感触を感じ、ぞくぞくと駆け上がってくる愉悦に戦慄いた。

羞恥などもはや忘我の彼方だった。ヴァレリーに命じられるまま腰を揺り動かし、彼の熱杭を余すことなく食いしめた。

「ああ、……達《い》っちゃ、うわ……いっちゃううっ……！」

瞼の裏に一瞬、青い空が見えた気がした。

天を駆けていく光が、身体の中心に稲妻《いなずま》を撃ち落とす。

「あっあ、あ、っ……ああっ……！」

目の前が紅く染まり、熱風が走り抜けていく。瞬く間に絶頂に押し上げられ、びくんびくんと胴震いが走った。ドクンッと脈を打った彼の熱杭がずるりと引き抜かれ、弓なりになったミリアンの背に熱いものが迸る。

「あ、——」

汗ばんだ肌に蕩けた体液が、ミリアンの臀部を伝って内腿に滴っていく。頭の中がふやけ、世界が真っ白に染まる。手折られた花のようにミリアンは崩れ、荒々しく浅い息を吐いた。

ヴァレリーの腕に下腹部を抱き止められ、弛緩していく身体はそのまま仰向《あおむ》けにされ、ミリアンは彼の首にしがみついた。そうでもしなくては立ち上がれなかったのだ。彼の身体から官能的な雄のいい匂いがする。逞しい身体にこのまま身を委《ゆだ》ねてしまいたくなるのは、女性としての本能なのだろうか。このまま目を瞑ってしまいたい。

腕をほどこうとするヴァレリーの気配を察したミリアンは、とっさにぎゅうっと彼に縋りついてしまった。自分でもなぜそうしたのかわからない。まだ抱いていてほしかった。

「……甘えて、抱きしめて欲しくなったのですか？　仕方ないお姫様ですね。さあご褒美のくちづけです」

ヴァレリーが唇を奪ってきて、瞼や目尻にまでやさしくくちづけてきた。

甘えているわけじゃない……と否定したかったのに、見上げると、彼の碧い瞳がいとおし

げに揺れていて、反論する言葉を失う。そればかりか、胸がとくりとときめきの音色を奏でて、ミリアンは戸惑った。

——まただ。あの時と同じ表情……どうして彼はそんな顔をするのだろう。

疑問を追及するまもなく、濡れた唇に塞がれ、やさしく絡まる舌の動きを追ううちにいつのまにかまた瞼が下りていた。

彼はひどいことをする。けれど奪いつくしたあとで彼はとろけそうなくちづけを与える。

それはとてもやさしく……甘い夢を見させるようなくちづけだった。

◆4 惑乱

ヴァレリーが政務に向かっている間、部屋の外には兵が立っている。交代の時間も厳重に行われ、常に監視されている状態では、ミリアンには為す術がなかった。

食事は決まった時間になると食堂に連れていかれたし、ドレスの着替えは宮廷使用人が手伝ってくれ、退屈しないように重たい本が運ばれてくる。時には楽士たちの演奏や芸を見せられることも。ほんの短い時間ではあったが、外の空気を吸うために城の庭でお茶の時間も設けられた。

朝から夕刻まで付き人と衛兵に見守られる中、時間さえあればヴァレリーはミリアンを抱いた。鏡の前で、ライティングデスクの上で、バルコニーの外で、閨室のベッドの上で、場所などどこでも構わなかった。

抵抗はいつしか順応へと変わっていき、ミリアンは鳥籠《とりかご》に入られた金糸雀のように、ヴァレリーがやってくるのを待ちわびて、妃教育という名目で彼の手に抱かれ、毎晩のように啼かされていたのだった。

一体いくつ夜を過ごしただろう。記憶が定かなら七日はもう経過しているはずだ。

……私はいつまでこうしていたらいいの？

皇帝陛下、ルドルフ・ル・クレジオ＝ベアトリクス三世の妻になるためにここへ来たはずだった。花嫁に必要な教育というのは理解できる。妻となる心得として閨事《ねやごと》に長《た》けているに越したことはない。王女教育の一部で乳母や侍女に教わったこともある。

しかし皇帝陛下の花嫁となる身分を考えたのなら、元帥である彼に抱かれることが普通のことだとは思えない。

初めて純潔を散らされたときのような残忍な様子は和らいだものの、ミリアンを思いのまま蹂躙《じゅうりん》するヴァレリーの手管は変わらなかった。

だいたい彼は本当に皇帝陛下に会わせてくれるつもりがあるのだろうか。そんな疑問が浮かんでくる。

……こんなのはただの監禁でしかないわ。捕囚《ほしゅう》も同じ……。

ああ、なんということなの。祖国の臣下たちが懸念していたことが、現実になってしまったなんて。それなのにヴァレリーに触れられて身体を熱くし、彼に求められるたびに悦びを感じ、酔いしれるようにのぼりつめてしまうなんて……どうかしている。まるで彼の寵姫にでもされたかのように順応している自分がひどく恐ろしい。

半信半疑のまま続けられる妃教育という名の愛戯の中、時折ヴァレリーが見せる表情が、ミリアンは気になって仕方なかった。

はじめのときにも引っかかりを覚えた……胸に広がる違和感。それはいくら彼に抱かれようとも解決しなかった。彼の真意を知りたくて、いつしかミリアンはみずから彼を求めるようにねだっていた。

すると、ヴァレリーはミリアンの従順な様子を満足げに見下ろし、いとおしげに抱きしめてくる。そんな彼の仕草にときめいて、また彼を欲してしまうのだ。

……どうかしているわ。彼が気になるなんて。待ちわびてしまうなんて。

毎日の儀式のように続けられるうち、それが当然のように馴染んで麻痺《まひ》しているのかもしれない。彼はそれを期待して躾《しつ》けようとしているだけなのではないか。協力すると言いながら弄んでいるだけではないか。疑心暗鬼がつづく。

ひどいことはしない、代わりに極上の快楽が拷問のようにつづく日々。

花嫁になるための教育といいながら、本当は逆なのではないだろうか。

そう、花嫁になるということを諦めさせるために……これも罠かもしれない。ただ足止めするために引き延ばしているだけだったら……不安はどんどん膨れ上がってついに限界が訪れた。

ミリアンは八日目の夜とうとう我慢できなくなりヴァレリーが部屋にやってくるやいなや当たり前のように閨のベッドにやってきてミリアンを抱こうとする彼を追及した。

「アングラード元帥閣下、お願い。私を陛下に会わせて。せめて一度話をさせて」

意表を突かれたかのような碧の瞳。だが、すぐにあしらわれてしまう。

「まだ言っているのですか？　大の女嫌いである陛下が女性の話をまともに聞くことはありません。まして花嫁になるのは至難のわざですよ。陛下に気に入ってもらいたいのなら、私の言うことを聞きなさい。そう告げたはずです」

ヴァレリーはやはりとり合う気がないらしい。だが、もう今日という今日は屈していられない。

「あなたの言っていることが本当かどうかなんてわからないわ」

「陛下は、私が信頼してもよい女性であると一言いえば、あなたとの結婚について、真剣に検討されるかもしれません。私は陛下よりすべてを任されているのです。私の保証があれば貴方は有力候補として見てもらえるでしょう」

疑いの瞳を向けるミリアンに動じず、ヴァレリーは淡々と諭す。

「それはどれくらい？　いったいいつになったら？　その間、騎士団の皆は不自由のままだわ。侍女のジゼルだって……どうしているの？　ちゃんと無事でいるのか心配なの」

「ええ。貴方に忠誠を誓ってやってきた騎士団や侍女の命は今のところ無事です。食事も水も与えていますよ。ですが、貴方が花嫁教育を放棄しようとするなら、これ以降は保証できないかもしれませんね」

冷ややかな瞳孔《どうこう》を見て、ミリアンはゾッとする。

「……そんな……ひどいわ」

「心外ですね。忘れたのですか？　貴方が私の提案を受け入れたのでしょう。私はひどいことをしたつもりはありませんよ。あなたを陛下が受け入れやすいであろう女性に教育しているだけです。陛下がお気に召さない状態の貴方を、さし出すわけにはいかないのですよ」

そう言い、ヴァレリーはミリアンの手をぐいっと引き寄せ、華奢な指先にくちづけてくる。

「は、離して。私に触れないで」

思わず手を引っ込めようとしたのだが、彼は離してくれない。そのまま小指をしゃぶるかのように舌を這わせ、爪の先まで吸い上げ、物憂げな瞳でミリアンを欲した。

「ほんとうに貴方は……調教に困る金糸雀ですね。もう七日ほど一緒にいて、骨の髄までとけるほど甘くあなたを大切にしているつもりですが……伝わりませんか？」

甘く囁きかけてくる声が、鼓膜を震わせる。

「……っ」

次に薬指に舌がねっとりと這わされた。第二関節の辺りまで舐めしゃぶられると、あたたかな粘膜に甘美な快感を与えられ、身体が甘くざわつきはじめる。

こうなってしまうとだめなのだ。彼に教えられた従順な肉体が期待に戦慄き、やがて抗えなくなってきてしまう。

「は、離して……」

「いいえ。離しませんよ。私は夫代わりなのですから。貴方を従順な花嫁になれるよう教育するだけではなく、満足させるように大切に愛する責任があります」

ヴァレリーの抱き方はたしかに最初の身体検査と違ってやさしかった。彼の言うように恋人同士のような戯れや、夫が妻を愛するような行為といえたかもしれない。鍛えられた厚い肉体や無骨な手とは裏腹の繊細な愛撫で甘く蕩けさせ、ミリアンをいくつもの絶頂へと誘った。だからこそなおさら困る。

感じてはプライドが許さない……と堪えていたミリアンだったけれど、彼の巧みな愛戯の前ではもはや理性など役立たなかった。たちまち官能の渦に引きずり込まれ、気づけば甘い拷問に身悶えつづけているのだ。

肌を重ねるたび彼の腕に溺れながら、もう何もかも手放して楽になってしまいたい気持ちになることもあった。けれど、それは違う。まやかしだ。

「……愛だなんて、真似事なのに……簡単に言わないで欲しいわ」

……そうよ。こんなのは愛じゃない。これは策略でしかないわ。

キッと睨み上げるように訴えると、ヴァレリーの瞳が悲しげに曇ったのが見え、不意を突かれる。

……今の表情は、なんなの。

「では、もっと時間をかけてじっくりと丁寧に愛さなくては。私の想いが伝わるように」

そう言い、ヴァレリーが手の甲に唇を寄せてくる。

「そういうことを言っているのではないわ」

「貴方がどう言おうと、とにかく私の役割は変わりません。守らなくてはならないものがあるのですよ。貴方と同じように……譲れないものが」

ヴァレリーはそう言い、ミリアンをまっすぐ射貫くように見つめる。

――守らなくてはならないもの……。

まるで大切な感情を抑え込み、何かを噛みしめるような言い方だった。

当然、彼には彼でやるべきことがあるだろう。けれどミリアンも譲るわけにはいかない。人質に取られている国の者たちがいる限り、王女としてやるべきことをしなくてはならないのだから。

「私だって譲るわけにはいかないのよ。私は……王女なんですもの」

……そう、幼い頃からそうしてミリアンは自分を奮い立たせてきた。

ヴァレリーの碧い瞳が、ミリアンをまっすぐに捉える。しばらく睨み合いのような膠着状態が続いたのち、鉄の仮面をかぶったようなヴァレリーの表情がふっと和らいだ。

「王女としての正義感がいつまで持つでしょうか。見ものですね。どうしても離れたいと言うのなら、貴方が私を誘惑してみせなさい。夫を虜にする術を持っていると判断すれば、認めてさしあげましょう」

「そんな……ずるいわ……」

「私は貴方にありとあらゆる寝所の手ほどきを教えてきたはずですよ。できないわけがありませんね？」

「……っ」

この男に屈服してはいけない……王女としての誇りがミリアンを縛りつけてくる。けれど、彼は一つ譲ったのだ。これ以上は許してくれないだろう。拒めば機会をも失う。どうしても成し遂げなければならないことがあるのだから……我慢しなければ。

ミリアンはそう自分に言い聞かせる。

「どうしたのです？　わからないのなら、また一から手ほどきしましょうか？」

「……わかったわ……」

ミリアンはおずおずと絨毯《じゆうたん》の上に跪き、ソファに腰を下ろすヴァレリーの胴衣を払い釦を外した。寛《くつろ》げて露わになった彼の分身は、抱かれて貫かれるときほどの大きさは未だないが、それでも圧倒されるほどの質量がある。

いつもはなし崩しに抱かれ、彼にされるがまま応じているだけ。誘惑して虜にすることとなどできるかどうかなんてわからない。けれど、それしか方法がないのならするしかない。

まだ触れていないうちから迫力のある赤銅色の肉棒を前にし、一瞬怯んでしまいそうになるが、ミリアンは覚悟を決めて手のひらに包み込み、そろりと舌をさし出した。脈を辿るように舐め上げ、裏筋や括《くび》れをなぞるように丁寧に舌を這わせていく。

「ん、……ん、……はぁ、……ん……」

子猫がミルクを頬張るような仕草でたどたどしく続けながら、ミリアンはヴァレリーを見上げる。ヴァレリーが何も言わないので、彼の様子が気になったのだ。すると、彼は艶然《えんぜん》と微笑んで、ミリアンの頭をやさしく撫でた。

「そう。よく覚えていますね。上手になったものです。ですが、舌だけでは満足しませんよ」

そう言い、ヴァレリーがミリアンの頤を摑んで、濡れた唇をなぞってくる。ぞくっとして思わず開けてしまった唇に、ヴァレリーの尖端が押し当てられ、ミリアンは彼の欲するままに咥え、先端をちゅうっと吸い上げ、ヴァレリーの様子をうかがった。

ぴくり、とわずかに反応があった。しかし彼の理性はまだ奪えていない。

「貴方のよさは、そのたどたどしいところですね」

ヴァレリーはそう言い、甘さを孕んだ声でミリアンの髪を撫でる。

……どうしたら……いいの。

何事にも動じない彼の表情をなんとか切り崩したい。ミリアンは懸命に手で扱きながら必死に舐めしゃぶる。つづけているうちに最初に手で触れたときよりも、少しずつ張りつめて硬く、大きくなってきた気がする。

やがて彼が感じている証である滴が、舌先にねっとりと感じられるようになり、端麗な顔が物憂げな表情に変わっていくのを見て、ミリアンは急《せ》き立てられるように唇を動かした。激しい高揚感なのか、酩酊感なのか。彼が感じてくれるのがうれしい、と衝動的に身体が動いた。

「んっ……んっ……ふ、……ぅんっ……」

尖端の窪《くぼ》みからつうっと流れ込んできた青い果汁のような体液が喉の奥にたまっていくと、内側からヴァレリーになぞられているような感覚がした。

実際は違う。ミリアンの内部から蜜が滴ってきているのだ。秘めたところがじんと甘く痺れる。ヴァレリーが感じているのがわかると、身体が熱くてたまらなくて、うずうずと疼きがどんどん強くなってくる。

「腰を動かしてどうしたのです。まさか咥えながら、感じてしまっているのでは？」

まさに感じていたことを指摘され、ミリアンはかあっと頬を赤くする。ヴァレリーと目を合わせないようにして、こくりと喉を鳴らした。

「ん、……ちが、……」

ちゅぱ……と唇から離れた肉棒は、寛げたばかりのときと違って脈を浮き立たせるぐらい張りつめ、そそり立っていた。

「貴方の可愛い唇に愛されて、挿れられるぐらいまで張りつめてしまいました。とても気持ちよかったですよ」

認めてくれたということだろうか、と期待を込めてヴァレリーを見上げると、急に手をぐいっと引っ張られ、絨毯の上に四つん這いにされてしまい、ミリアンは驚く。

「え、あ、……やっ……っ」

尻の柔肉を広げるように手のひらで擦られたので、まさかそのまま挿入するつもりなのだろうか、と身構えたところ、違った。

ふうっと熱い吐息が秘めたところにかかり、ミリアンはびくっと腰を揺らす。

「あ、……」

「しっかりお尻を上げて、私に見せなさい。貴方がどんなふうに感じていたのか」

「だ、だめ……」

赤々と充血した媚肉に舌が這わされて、びくんと臀部が戦慄く。さらに無遠慮に指を挿入され、思わず背筋を反らした。

「ひゃ、あんっ……」

絡みつく熱い粘膜が指の腹で捏ね回され、膣内全体がジンと痺れる。そこはたっぷりと蜜をたたえてしとどに濡れていた。

「これで違うとでも？」

媚肉を広げて舌先でぬちゅりと擦り上げられ、下肢に甘い疼きが走る。

「や、あん、あっ……ああ、……っ」

蜜の絡んだ淫猥な水音がする。ごまかしようのない確かな証拠だった。

「困りましたね。あなたが夫を誘惑しなければならないのですよ。さあ、つづきをしなさい」

ヴァレリーはそう言い、ミリアンの腕を引っ張り上げた。絨緞に腰を下ろした彼のズボンの間口からそそり立つものを再び手で握りしめ、唇と舌を使って愛撫していく。

その間中、耳の後ろを指でくすぐられ、乳首の先を摘まれ、何度も唇を離しそうになった。

「いいでしょう。次は後ろ向きに私に跨《またが》って、あなたの触れて欲しいと思う場所を見せなさい」

戸惑った瞳で見つめていると、ヴァレリーがじれったそうにミリアンの腕をとる。

「こうするのですよ」

ヴァレリーはそう言い、彼の腹筋に跨るように脚を広げさせ、尻を彼の方に突き出す格好で四つん這いにさせた。

「あっ……」

急に腰を引っ張られ、ミリアンは慌てて絨緞に手をつく。目の前には彼の猛々しい雄肉がさし出され、一方でミリアンのぬかるんだ秘裂には彼の舌が這わされていく。お互いがお互いを舐め合う卑猥な体勢だ。

こんな体勢恥ずかしい。戸惑い震えるミリアンをよそにヴァレリーは赤く綻《ほころ》んだ媚肉ごとじゅるっと吸い上げる。ねとねとと舌で肉芽を探られ、執拗に吸いついてくる彼の唇の感触がきもちよく、意識が白く染まりそうになる。

「ひゃ、あっ……ん、あっ……あぁ、……」

「……ん、……何をしてるんです？　あなたの誘惑はそれだけですか？　ほら、つづけなさい」

ミリアンは命じられるまま疎《おろそ》かになってしまっていた手のひらを開いて屹立の根元を握りしめた。ヴァレリーがミリアンの秘処に舌を這わせてくる動きに合わせて、ミリアンも彼を咥えて頭を揺らした。

喉の奥いっぱいに膨れ上がっていくものから苦々しい体液が流れ込んでくるのを必死に飲み込みながら、ヴァレリーから与えられる甘やかな愉悦に身を震わせる。

「ん、……くぅ、……ん、……はぁ、……んんっ……」

敏感な場所に彼の吐息がかかるだけでも十分に感じて、舌が硬くなった肉芽を掘り起こし、丁寧に陰唇を舐め上げたり入口を吸ったりする行為に、腰がくだけそうになってしまう。

「どんどん溢れてくる……いやらしい果実ですね」

そう言い、じゅるりと吸われ、臀部が歓喜に戦慄いた。

「ん、はぁ、……んぅ、……ん……」

彼が秘所に口づけてくる中、ミリアンは目の前でそそり立つ熱棒を咥え込み、ぎこちなくではあったが吸い上げるように唇を動かした。

肉襞を大きく広げられ、ひくついた紅珠を激しくちゅうと吸われ、ミリアンの腰が跳ねる。

「ふ、ぁぅっ……ああっ……！」

喘いだ拍子に唇からヴァレリーの屹立《きつりつ》が離れてしまった。唾液にまみれた雄形は先程より上回る大きさで脈を浮き立たせるほどに張りつめている。彼はちゃんと感じてくれていたようだ。けれど今は自分に与えられる快楽の方に意識が引っ張られ、ぐずつくような声が漏れてしまう。

「ん、……あっ……や、そんな……舐めちゃ……やっ……」

舌を跳ね上げるように強く擦りつけてきて、頂点を極めるべく、食らいついて離してくれない。陰核を擦りつけるように舐められたり吸われたりされるにつれ、激しい快感で恥骨の奥が弾けそうになる。

「はぁ、……ぁぅ……あっん、あぁ……、……うの、だめっ……」

「なんですか？……喘いでいては聞こえませんよ？」

「んん、っ……だめ、なのっ……」

「こんなにして。説得力がありませんね」

理性では抗いきれない愉悦が迫り上がってきていた。あと少し強く吸われ、舌で捏ね回されたなら、のぼりつめてしまいそうだ。

避けるために腰を揺らしていたが、逆効果だった。ますますヴァレリーの舌先で擦れてしまい、挙句の果てに彼はますます食らいついて濡れた舌を入れてくる。

「あっあっ……あぁっ……ん、……あっ……！」

ひときわ強く粒を吸われた瞬間、意識が飛びそうなほどの強い快楽が突き抜け、ドクンッと熱が弾けた。

「ああ、……あぁぁっ！」

激しい収斂がつづいている中を、まだ追いつめるかのように彼の舌がぬくりと蠢く。余さずに蜜を舐めとる淫靡《いんび》な音がして、魂が抜けたかのようにくたりと絨緞に肘をつく。

未だ戦慄いている内腿の付け根から尾てい骨までぬるりと舐めとりながら、勝ち誇ったようにヴァレリーはくすりと笑った。

「まだまだ甘いですね。貴方の方が感じて、夫より先に果ててしまうようでは」

「……はぁ、……ぁ、っ……はぁ、……」

呼吸さえままならず、手に力が入らない。腰を掴み上げるように抱き起こされ、ヴァレリーの正面を向くように体勢を変えられた。

「まあいいでしょう。面白いものを見られましたから。特別に条件つきであなたに騎士団との面会を許します」

「条件……？」

混沌《こんとん》とする中、ミリアンはヴァレリーの表情を探った。

「ええ。あなたには見張りの兵をつけさせてもらいます。あなたについてきた侍女も今まで通り世話係に復活させましょう。ただし城内で勝手な行動をしないよう約束してください。守らなければ、彼らの無事は保証できません」

冷酷な瞳を向けられ、ミリアンはこくりと喉を鳴らす。

とにかく、せめて彼らに会えるのだから、皆が無事であることが優先だ。

「……わかったわ。約束するわ」

「いいでしょう。その前にあなたには妃としての務めを果たしてもらわなくてはなりません。これは取引です」

ヴァレリーはそう言うやいなや、猛々しく勃ち上がった自身をミリアンの濡れそぼった蜜口にぐぷ……と、あてがう。

「や、まっ……て、……」

腰を引こうとしたが、ヴァレリーの手の方が早かった。ぐいっと膝の裏を持ち上げられてしまう。そのまま、ぬちりと蜜に濡れた陰唇を開かれ、ざわりと全身が粟立《あわだ》つ。さらに一気に奥に入ってきた屹立に戦慄き、たまらず仰け反った。

「あ、あっ……ああっ」

中に彼がいっぱいに入ってくる。熱の塊が終着点まで沈もうとする。

腰を揺らして逃れようとするが、ヴァレリーが許してくれず、そのまま彼を跨いで膝の上に座らせられ、腰をがっしりと掴まれてしまった。

「だめ、んんっ……」

逞しい屹立を下から突き上げるように動かされてしまえば、ミリアンは必然的にヴァレリーの肩に掴まるしかない。

「あっあっ……はぁ、……ん、あ、っ……」

短く淡く弾ける快感が、どんどん大きな愉悦の塊になり、蕩けきった思考が理性を溶かしていく。

身体は達したばかりでまだ醒《さ》めきっていない。彼を受け入れるたびに止め処なく蜜を迸らせてしまい、自分の尻どころかヴァレリーの下肢まで濡らしてしまっていた。

「腰をちゃんと動かしなさい。自分で上下に揺らして」

ヴァレリーの無骨な手がミリアンの柔肉を掴み、雄芯が奥に届くようにずんっと突き上げてくる。

「あ、あぁっ……っ」

「忠告しておきます。貴方は王女とはいえ、いまや私の支配下にあるのだと……忘れないことです」

「……あ、っ……あなたなんて……嫌い……よっ……きらい、なんだからっ……夫、なんかじゃないわっ……」

ミリアンは涙をこぼしながら、ぐずつく声で必死に訴えた。身体が言うことを聞かない分、せめて言葉で拒みたかった。

「……構いません。忘れられるよりも憎まれた方がいい。ずっと永遠に記憶に残るなら……私がずっと貴方を愛しつづけます」

ヴァレリーのその言葉には何かえもいわれぬ深みがあるように感じられた。けれど、弾けていく快楽の泡が、すべてを無にしてしまう。

「……愛してる、なんて、……うそで、言わないでっ」

「それなら、憎んでいる相手に抱かれて感じているあなたは……どういう嗜好なんでしょうね」

卑猥な音を立てて胎内を貫きながら、ヴァレリーが嘲笑する。

「やぁっ……そんな、……こと、ぜったい、……言わない、で……っ……」

「私が中に挿入するたびに悦びで溢れてきますよ。抜こうとすればいやがって絡みついてくる。身体はいつだって素直です」

雌雄の交わりがさらに深くなる。根元まで広げるように挿入され、腰を掴むヴァレリーの手の力が強まる。

「あ、ああっ！」

彼に腰を掴まれ、ミリアンはまるで乳房を揺らしながら娼婦《しょうふ》のように誘っていた。あるいは踊り子が艶やかなダンスを見せつけるかのように、腰をなめらかにくねらせ、ひたすら快楽に溺れていくみたいに。

「あ、ぁ、……んっ……はぁ、あっ……あっ……あぁっ！」

「抗うよりも受け入れなさい。その方がずっと楽に終わるとわかっているでしょう？」

呪詛のようにヴァレリーの言葉が鼓膜を濡らし、彼の思うままに身を委ねてしまいたくなる。

「はぁ、……あっ……どうして……あなたは……私を……抱くの」

妃教育のためとは本気なの？

時々あなたが見せる表情は何？

私こそどうして彼のことを気にかけてしまうの。

「……貴方が、いとおしいからですよ」

ヴァレリーはそう言い、ミリアンの喘ぐ唇をやさしく塞いだ。唇を割って入ってくる舌先が甘やかすように舌を搦《から》めとるたび、胸の奥にとくりと熱く流れるものを感じる。口先だけではない彼の想いが流れ込んでくるかのように感じられて、ますます秘めた内部が潤んでしまう。

いとおしいだなんて、うそよ。

私、騙されているんだわ。

だめよ、流されてはだめ……。

見つめ合ったヴァレリーの瞳の奥が儚《はかな》げに揺れているのが見え、ミリアンの鼓動が跳ねた。

なぜ、そんな瞳で見るの。

まるで本当に愛する人を見るかのように……。

これは言いなりにさせられているだけ。夫代わりだなんて、うそ……。

ぐちゃぐちゃになった思考が、愉悦の波に攫《さら》われていく。

「は、あ、っ……あっ……ああっ」

「貴方の中はいつもあたたかい……包み込むように私を締めつけてくる。忘れかけていたものを思い出させてくれる……ああ、……ミリアン」

ヴァレリーの剛直がより奥へと突き入れられ、腹にたまってくる激しさが、どんどん熱を蓄積していく。未熟だったはずのミリアンの中は、男に制服される至福のひとときに収斂を繰り返し、蜜口は男の肉棒を心地よさそうに咥え込んでいた。

赤く膨れ上がった肉芽を擦りながら、大きく広げるように根元まで沈められると、頭が真っ白に染まった。もうそれ以上奥へは進めないのに、ごつごつと突き上げられ、あまりの愉悦に涙がこぼれた。

「……ん、……あ、あ、あっ……そんな、はげし、……ふかいっ……んっ……」

下腹部を甘く溶かし、腰を蕩けさせる肉身が、よりいっそう張りつめたのが伝わってくる。ただでさえ長大なものがさらに質量をたたえ、ミリアンの中を貪るように味わう。

揺さぶられるにつれ膣肉に埋もれる雄の昂ぶりを、食いしめるように締めつけてしまう。

「は、……っ……」

ヴァレリーが切なげに吐息をこぼし、端麗な顔にますます色香を漂わせる。その表情はいつもの彼と違った。長年離れていた愛する者を抱くかのような情熱に溢れているようだった。

ぱん、ぱん、ぱん、と打ち合う音の間隔が狭まり、どれほど激しく穿たれているかをミリアンの鼓膜の奥に届ける。

なぜなの。どうして……そんな顔をするの。なぜ……。

「……あぁ、……も、……中、……あついのっ……だめっ……いっちゃ、うわ……っ」

下腹部の奥に熱い波が広がりはじめる。瞬く間に絶頂へと押し上げられ、天を突き抜けてゆくような至福のひととき……何もない空白の時を駆ける。

「あぁっ……！」

ぶるりと乳房を揺らし、背を弓なりにしながら、彼の屹立を激しく締めつけた。

「つ……ミリアン、……」

引き摺り出された雄がミリアンの内腿に熱の飛沫をビュク、ビュク、と勢いよく吐き出した。

「あ、ああ——！」

まっさかさまに落ちていくような感覚がする。ふわふわと空をゆっくりと舞い、まるで鳥になってしまったかのように……綿毛にでも包まれているかのように、やわらかくゆったりと下りて、辿り着きたかった場所に落ち着いていく。

絶頂の余韻はとても甘く、ヴァレリーの胸にしなだれかかりながら、混沌とする世界を彷徨《さまよ》う。

薄れゆく意識の中でもヴァレリーにやさしく抱きすくめられる感触がわかった。

「……なんて、いとしい人なんでしょうか……貴方は……」

慈しむように額にくちづけられ、ミリアンは濡れた瞼を閉じたまま、ヴァレリーの唇の動きを心地よく感じていた。やがて耳朶を甘く食まれ、

……あなたを……愛してる。

そんなふうに囁く声を聞いた気がした。

「……ミリアン……あなたを愛してる。私がそう言えたなら、どれほどよいか。

髪にさし込まれる指、吐息を奪うような唇、汗ばんだ熱い身体、そのすべてがミリアンの心を狂おしく貫く。

なぜ、そんなにも慈しむように名前を呼ぶのだろう。まるで長年離ればなれになっていた恋人を激しく求めるかのように。

どうして私の身体は彼をいとおしいと感じてしまうのだろう。

いつのまにか天を仰ぐように絨緞を背にしてヴァレリーに押し倒されていた。

まだ胎内はドクン、ドクン……と大きく鼓動を打っている。

慈しむように唇が何度も重なり、濡れた吐息が交わる。彼の熱を孕んだ雄形はまだ収まりつかないと言いたげに、新たに濡れた襞をぬちり……と押し開く。

「……んっ……あぁ……」

ミリアンの中もまた同じだった。何度でもさざ波のように押し寄せてくる愉悦が止まらない。

ほだされてはだめだと思うのに、ヴァレリーが腰を密着させ、熱の楔で奥を貫くたびに、小刻みに達してしまう。

「あ、あん、……あぁ、っ……また、きちゃう……んっ……」

涙をこぼしながら感極まっているミリアンを見下ろし、ヴァレリーは艶然と微笑んだ。

「もう達してしまいそうなのですか？　でも……まだ、貴方を離すつもりはありませんよ……もっと私だけを考えて……それ以外、考えられなくなるように……愛されてください」

「──あ、あ、ああ……っ！」

皇帝陛下の妻になれたとして、同じように感じるようになるものなのだろうか。

ミリアンは幾度となく押し上げられる絶頂のさなか、頭の片隅で思った。


翌日──ミリアンの部屋は本棟の東の間へと移された。妃候補となる女性たちは本棟にあるいくつかの部屋を専用に与えられ、そこで皇帝から与えられる寵愛を待つために過ごすのだとか。しかしことごとく皇帝が女性を退けつづけた今、ここに滞在しているのはミリアンしかいない。

騎士たちの無事を確認したいと願い出ると、ヴァレリーは約束通りミリアンを連れ、地下牢へと下り、閉じ込めていた騎士たちとの面会を許した。

「テオ……！」

「ミリアン王女殿下」

重たい金属の音が響く。ミリアンが手を伸ばすと、テオドールが慈愛を捧げるように、忠誠の誓いを落とす。他の騎士たちもまたミリアンの無事な姿を見て士気を取り戻したようだった。

「ああ、ミリアン王女殿下、ご無事で……」

騎士たちがミリアンを目にして歓喜に沸く。互いに無事を確認してホッと胸を撫で下ろしつつも、彼らに不名誉と不自由を与えてしまったことを申し訳なく思う。テオドールの無事という言葉にも後ろめたさを感じた。

毎夜、帝国の元帥であるヴァレリーに抱かれているのだと知ったら、彼は一体どんな顔をすることだろう。

ミリアンは鉄格子越しにテオドールの手を握り、意を決して彼の菫色の瞳を見つめた。

……騎士たちの前で泣いてはだめ。気持ちを強く持たなくちゃ。私は幼い頃のお姫様のままじゃいられないのよ。

ミリアンは悟られてしまわないように必死に堪えながら声をしぼり出した。

「テオ、……皆、不名誉な思いをさせてしまったわ」

「ミリアン王女殿下、我々の方がお許しをいただかなくてはなりません。お護りできず申し訳ありません」

「いいえ。私は皆が無事に解放されるように務めを果たします。必ず……」

「王女殿下」

テオドールが唇を開きかけたとき、

「――約束の時間ですよ」

ヴァレリーに声をかけられ、ミリアンはハッとして手を離した。

待機していた兵によってミリアンは再び騎士団たちと別れなくてはならなくなる。

テオドールは何かを言いたげにミリアンの方を見ている。後ろ髪引かれる思いであったが、ミリアンはぐっとこらえて背を向けた。

「……アングラード元帥閣下。騎士たちに会わせてくださって、ありがとうございました」

ミリアンが淡々と言ったことがヴァレリーの気に入らなかったのか、突然顎を摑まれ、顔を上げさせられた。

「くれぐれも、他の男を想うような顔をして、私に抱かれないことです」

ヴァレリーは牢屋の方を一瞥し、ミリアンの肩を抱き寄せた。

「……っ」

一体この男は何を言うつもりなのだろう。悟られないよう必死に抑えていたというのに。

動揺している騎士たちの様子が背中越しにもうかがえる。

なぜ皇帝ではなく元帥が……というざわつきだ。

ミリアンは訂正することも振り返ることもできないまま、彼に従って地上へとのぼる階段に足を乗せた。

せめて……テオドールだけには知られたくなかったのに。

「ひどいわ……騎士たちの前でわざとね」

地下牢から退いたあと、ミリアンがたまらなくなって声を荒らげて非難しようとも、ヴァレリーの表情は冷ややかなままだった。

「貴方こそ、ご自分の立場をわかっておられませんね。今の貴方に自由はありませんよ」

昨晩の情事で見せた甘い表情はどこにもなかった。まるで氷の刃のような冷たい視線で、ミリアンの心を刺す。刹那、何かが音を立てて崩れた。

——自由を奪っているのはこの人よ。愛しているなんて嘘よ。ほんの少しでも彼に心を開いていた自分が悔しい。

協力するふりをして、気に入った金糸雀を手放す気がないだけ。きっと皇帝に会わせる気などないのだ。少しずつ甘い夢を見せて奪う、その繰り返し……。なぜ彼を信用しようと思ったのだろう。

その後、ミリアンは侍女のジゼルとの面会も果たし、彼女が再び世話係につくことを許されたのだが、もしかするとそれもヴァレリーの思いやりなんかではなく罠かもしれない、とミリアンは彼を信じることができなくなってしまった。

きっとヴァレリーはミリアンが言うことを聞くようにするため必要な材料を用意したかっただけだろう。鳥籠に閉じ込めた金糸雀が逃げてしまわないように……。

ミリアンの心は決まった。いつまでもヴァレリーの思うままにされたくない。彼の政務の隙《すき》を狙って自分から行動に出よう、と。

「ジゼル、私に力を貸して欲しいの」

部屋に戻ったあと、ミリアンはジゼルの手を握って言った。

「ミリアン王女様……」

「もう待っているだけじゃだめなのよ」

外の衛兵に聞かれないように声を潜めつつ懸命に訴える。

「お気持ちは痛いほどわかりますが……無茶なことはおやめくださいませ。帝国内のことを掌握しているアングラード元帥閣下のご様子からすると……何か心配でなりません。心がざわつくのです」

思いつめたような顔をしたミリアンを見て、ジゼルは時期尚早と言いたげに瞳を揺るがせる。

「でも、このままじゃ私引き下がれないわ。なんとしてでも皇帝陛下にお会いしたいのよ。どうにかして陛下の予定を摑めたなら……アングラード元帥閣下の不在のときに……時間が作れたなら……」

ミリアンの切羽詰まっている様子を見て、ジゼルがためらいつつもどかしげに言葉を選ぶ。

「私にできる限りのことをします」

「ごめんなさい……ジゼル。あなたを巻き込むことになるのに」

「何をおっしゃるのです。皆がそのつもりで王女様についてきたのですから。それに、王女様と私は乳姉妹の仲ではありませんか。私よりも……騎士団の皆さんにはお会いできたのでしょう？」

「ええ。でも……あの状況では牢から出してもらうのは難しいわ。我が国の優秀な騎士たちをいつまでもよその国に足止めさせているわけにいかないわ。だから早急に私が動かなくてはならないのよ」

ミリアンが決意を固める一方、ジゼルは考え込むような顔をして言った。

「アングラード元帥閣下のお考えがわかりません。なぜミリアン王女様を監禁なさるのでしょう。皇帝陛下にお会いしても話が通る確率が少ないということをおっしゃっているのなら、潔くミリアン王女様を会わせてくださったらいいのに。ずいぶん煮え切らない方なのですね。……もしや皇帝陛下にさし出すのが惜しくなり、離しがたくなったのではないですか。もしそうだとしたら自分勝手なお方ですわ」

ジゼルが憤慨してそう言ったあと、ハッとして「私ったらつい興奮して……失礼しました」と口を噤《つぐ》んだ。

否、たしかにジゼルの言うことはもっともだ。皇帝が望んでいない女性だとわかれば、ミリアンは退けられるだけだ。

やはり時間稼ぎのため？

「何か足止めしなくてはならない理由があるんだわ。それが不安でたまらないの。このままでいいわけがないのよ」

ヴァレリーの考えていることがわからない。

けれど、この状態がミリアンにとって最善だとは思わない。ヴァレリーには何かまた別の考えがあると考えた方がいいだろう。

不意にヴァレリーの言葉が鼓膜に蘇ってくる。

――これからもあなたは……私だけのものですよ。

そう囁いた甘い声も。

――ミリアン。

いとおしげに名前を呼ばれたことも。

――愛してる。私が貴方にそう言えたなら、どれほどいいか。

彼の腕の中にいたことを思い出し、気持ちが揺れる。

なぜ、悲しげな顔をするの。

なぜ、寂しそうに微笑むの。

なぜ……やさしく抱きしめるの。

愛してるなんて……本気で言うはずがないわ。そうでしょう？　だって会ったばかりなのよ。どうして私、あの人のことを考えるとためらってしまうの。あれほど腹を立てたのに。私には守らなくてはならないものがあるのよ。そのために私はここに来たの……それなのに、どうしてこんなに胸が痛くなってしまうのかしら。

わからない、わからないわ……。

何か記憶の扉の向こうに置き忘れているものがある気がする。

「――ミリアン王女様」

ミリアンはハッとした。

……知らないわ。あの人の考えていることなんか。

わざとテオドールに聞こえるようにあんなことを言ったのだ。最初に会ったときからいやな人だったのだから。ミリアンは迷いを打ち消すように深呼吸した。

「本当にひどい人なのよ。あなたがそう言ってくれて胸がすっとするわ」

窓の外を見ると、空が菫色に染まっていた。

緊迫した事情など忘れてしまいそうなほど美しい空に、星が瞬きはじめる。

不意にミリアンは『アンリ』のことを思い浮かべた。

「菫色の瞳をしたあの人は……どうしているのかしら」

ぽつりとつぶやく。

「菫色の……マスカル近衛隊長のことでしょうか？」

ミリアンの言わんとすることを察してくれ、ジゼルが問いかけてくる。

「いいえ。前に話したでしょう？　アンリのこと。どこかに逃れて生きてたらって……今でも願っているのよ。もしもテオがそうだったら……って思うことはあったわ」

夢見がちな少女が考えそうなことかもしれない。けれど、本当にそう思ったのだ。

「マスカル近衛隊長の祖国は、グランテス王国でしたものね」

「ええ。私が出逢ったグランテス王国の人たちは、とても綺麗な瞳をしている人が多かったわ。明け方の空のような……澄んだ色よ。瑠璃《ラピスラズリ》や黝簾石《タンザナイト》にも例えられるような」

テオドールの祖国グランテス王国は滅亡した。生き延びた彼は、隣国のパラディン王国に逃れて暮らし、恩義を感じた彼は騎士となることを誓い、名実共に騎士団の精鋭部隊である近衛隊の隊長となった。彼はやさしい反面忠実なあまり、ミリアンに胸の内を明かしてはくれない。

けれど一つだけ、言わなくてもわかることがある。彼はもう二度と国を滅ぼしたくないと思っている。ミリアンと一緒だ。同士なのだと思うと、彼のことがよりいっそう心の支えとして感じられた。一方で彼に申し訳なく思う。

ミリアンが皇帝陛下の花嫁に、と告げたとき……彼はどんな想いだっただろうか。祖国を滅ぼした皇帝へ嫁ごうとする王女を見つめていた菫色の瞳は、何を映していただろう。

少なくとも今見えている夜空のように美しいものではなかったに違いない。あまつさえ元帥であるヴァレリーに抱かれていると知ったらテオドールはどんな気持ちになるだろうか。

ずきんと胸の深いところが疼く。

「もしかして、ミリアン王女様は……」

遠慮がちにジゼルが言葉を止める。

「ジゼル、言わないで。言葉にしてしまったら真実になってしまうもの。私はこれから皇帝陛下の妃にならなくてはならないのよ」

たとえテオドールがアンリだったとしてもそうじゃなくても、許されない恋にしかならないなら曖昧なままでいい。淡い初恋はそのままいい思い出としてとっておきたい。

万が一テオドールがミリアンを好きでいてくれることがあったとしても、彼はけっして言葉にはしないだろう。彼はいつだって主に忠実な騎士なのだ。

ミリアンについて言えば、アンリへの初恋以来、恋らしい恋を体験したことがないからわからないが、テオドールに対する想いは恋ではなく思慕のようなものなのだと思っている。

そう、誰にも恋したことのない身体を……花嫁になるはずの相手でもない男に許してしまった。

——ヴァレリー・アングラード元帥。

私はあなたの言いなりのままではいられないわ。

ミリアンの決意は固まった。

◆5　残忍な皇帝と歪んだ愛

それからミリアンはジゼルと共に計画し、城内の様子や皇帝やヴァレリーの政務の状況など、情報を仕入れることからはじめた。七日後、帝国軍が遠征に出る日、ヴァレリーが城から離れる。その一日目に賭《か》けることにした。

とにかく皇帝に接触できなければ、ミリアンは籠の中の鳥のままだ。捕囚となったままここで無駄に日にちを費やしている場合ではない。

ミリアンはまずヴァレリーの思惑を鑑みて、皇帝と意思疎通するために手紙を書いた。大の女嫌いだということ、妃候補を探しているということ、それらがヴァレリーの偽りから出た情報ではないことを確かめたかった。

書き上がった手紙を届けて欲しいと、ジゼルが秘書官のノルディオンスにかけ合ってくれたが、やはりすんなりとはいかなかった。

「残念ですが、お手紙は受け取れません」

ノルディオンスは首を横に振る。ジゼルは敬意を払うことさえ忘れて憤るように見せかけた。

「では、この際、私が乗り込んで直接お渡しさせていただきますわ。陛下はどちらにいらっしゃるのでしょうか？」

「お待ちください。無礼を働けば不敬罪として極刑もありえますよ。忠臣である貴方様がそうなれば王女殿下もただでは済まされません。どうかご冷静に」

ジゼルの鬼気迫る演技にノルディオンスは困惑しきった顔をする。ジゼルは侍女の中でもとても美人だ。初対面の時に思った通りノルディオンスは心やさしき人らしい。目を潤ませて必死に懇願するジゼルに対して狼狽《ろうばい》している様子がうかがえた。

「せっかく陛下にお会いしたくて参りましたのに、ちっともお顔を拝見できない……と王女様が嘆いておられます。とても可愛らしくやさしい王女様なのです。陛下もきっとお気に召しますわ」

「それが……おきもちに応えたいのは山々なのですが、なにぶん、こちらにも諸々決まりがございますので」

ノルディオンスは歯切れの悪い言い方をして、ジゼルを宥《なだ》めようとする。

「ではせめて、どちらにいらっしゃるかだけでも教えていただけませんか。心を込めて文を託してくださった王女様にどう説明していいか……私も困るのです」

ノルディオンスは言葉を濁すばかりだったが、ジゼルの迫真の演技にとうとう根負けしたようだ。

「今、陛下は軍会議を終え、剣技上から神殿の間に移られるところです。どうしてもということでしたら……私がお預かりします。ただ……お返事は期待されないでください、とお伝えください」

ノルディオンスは額に汗を浮かべながらジゼルに説明している。きっと預かっても届ける気はないのだろう。あまりに執拗に食い下がってくるジゼルを見かねて、とりあえずその場をおさめようという魂胆らしい。

「あんまりですわ。つれないですわ。ああ……王女様がどれほどお嘆きになるか……」

ジゼルはわっと泣きつくようにノルディオンスに凭れかかり、しくしくと泣き崩れた。

「ど、どうか落ち着いてください。お気を悪くなさらないでいただきたいのです。これは決まりなのです。けして王女殿下が特例というわけではありません」

特例ではない、という言葉に胸がずきりと痛む。愛していると言ったヴァレリーの表情が脳裏をよぎって、ミリアンは頭の中で打ち消した。

「……ええ、わかりましたとも。では私はこれにて失礼いたします」

意気消沈したようにジゼルが俯《うつむ》いたまま涙を拭うフリをしたのを合図に、ミリアンは自国の鉱山で取れた宝石で買収した兵に監視役のふりをしてもらい、悠々と城の中を歩いて神殿の間へと案内してもらった。

と、兵が突然身を強張らせた。その理由がミリアンにはすぐわかった。

漆黒の髪に、黒曜石のような瞳、何にも染まらないまっすぐで強固な眼差し、悠然とした佇《たたず》まい。

すぐそばに、紛れもなく皇帝としての威厳をたたえている男の姿があったからだ。

彼が、ルドルフ・ル・クレジオ＝ベアトリクス三世……ファンジール王国の王であり、ギースヴェルト帝国の皇帝……大陸を思うままに操る暴君——。

偉大な相手を前にして、ミリアンの脚が竦《すく》む。女性を嫌っているという皇帝に姿を見せたらどう反応されるのか。こちらに気づいた男の顔が、みるみるうちに険しく曇った。

「……金糸雀色の髪、翠玉石色の瞳……美しい姫よ、あなたはパラディン王国のミリアン王女か。なぜ、このような場所にいる」

心臓をも貫くような威風堂々とした声に、緊張が走る。気圧《けお》されないようにミリアンはかしこまって礼をとった。

「ベアトリクス皇帝陛下、どうかご無礼をお許しください。私はどうしても陛下にお会いして私のきもちを伝えたかったのです」

「私は元帥にすべてを任せているのだ。個人の交渉に応じる気はない」

ルドルフは固い表情のまま断固として受け入れまいと睨みつける。冷たい漆黒の瞳にあてられ、ミリアンはごくりと喉を鳴らした。ここで引き下がるわけにはいかない。

「……承知の上です。それでも私は王女として、どうしても直接陛下のお声を聞きたかったのです。どうかほんの少しお時間をいただけないでしょうか」

ミリアンが非礼を詫《わ》びつつ食い下がると、ルドルフは腕を組んで忌々しげにこちらを見下ろしてきた。猜疑《さいぎ》の眼差しが向けられるのを感じて、ミリアンは身を硬くするが、ルドルフからいっさい視線を逸らさなかった。

「まあよいだろう。政務の合間の退屈しのぎだ。話を聞いてやってもいいが、つまらぬことを申せば、ただでは済まぬぞ」

「……陛下。お許しくださりありがとうございます。では、お言葉に甘えさせていただき、申し上げます。パラディン王国存続のために、陛下のお力を貸していただけないでしょうか？」

「何を望んでいる？」

「……はい。お望みいただけるのであれば、私のこの身と引き換えに……。陛下のお気に召すまま……誠心誠意、妃として努めてまいります。どうかご一考くださいませ」

ミリアンが言葉を選びながら伝えると、ルドルフは煩わしそうにため息をついた。

「目的はやはりそれか」

忌まわしげに一瞥され、ミリアンは怯みそうになるのをぐっとこらえる。

「……この私に直々に取引を持ちかけるとは、なかなか骨のある女のようだが――」

ルドルフは突然ミリアンの顎をついっと上げた。そのまま喉を絞めようとすれば簡単にできそうな気迫だった。

「私は下心のある女をそばに置く気はない。我が身が可愛いのなら諦めるがいい」

とり合う気はないといったふうにルドルフが離れ、王家の紋章が入ったマントを翻す。

「お待ちください、陛下。なぜです？　陛下はいずれ近いうちに正妃を迎えなくてはならないのでしょう。この大陸で揺るぎない地位を築くためには選帝侯が納得するような、世継ぎを残せる資格と高貴なる血統が必要であるはず……！　陛下にとって、フェリス一世の血筋を持つ私との結婚はきっと役に立つはずです。どうかお考えくださいませ」

何か話が違う。妃候補を探していると聞いていたのに、そうではないと言う。ルドルフがミリアンを気に入らないというだけなのだろうか。それでもミリアンは負けるわけにはいかなかった。

「陛下、どうかお考えを……！」

ルドルフが振り返って、ミリアンを見つめる。

「……なるほど。政治を絡めてくるとは。愛がどうのと嘘を並べる女たちと違い、潔い。ずいぶんと肝が据わっているのだな。箱入りの王女とばかり思っていたが……あなたは少し他とは毛色が違うようだ」

　興味を持ってもらえたのだろうか、と期待を抱こうとした矢先、冷たい刃のような言葉が突きつけられた。

「私を見くびるなよ。考えがあって正妃を選ばずにいるのだ。安易に妃になれると思うな」

　今まさに噛み殺そうとする野獣のような瞳に、ミリアンは肩を震わせる。

　言葉を選んだつもりだったが、端《はな》から疑ってかかっている相手には通用しないのだ。それはヴァレリーのときにも経験している。

「それが私の答えだ。パラディン王国のことは諦めるがいい」

　パラディン王国を……諦める？　そんなことはできない。

　どれほど蔑《さげす》まれようと、ここで怯んでいられない。

「いいえ、諦められません！　だからここまで来たのです。パラディン王国を救ってくださるのは陛下しかいません。そのためにこの身を捧げる覚悟で来たのです。私にも引けない考えがあるのです。どうか譲歩をお願いします」

　ミリアンが食い下がると、ルドルフは傲慢な口元を愉快そうに引き上げた。

「ほう。ならば取引をしようではないか。ミリアン王女」

「取引……」

　ミリアンはこくりと喉を鳴らした。

「ああ。パラディンの鉱山を我が帝国の所有とすることを条件にあなたを正妃にする。どうだ？」

「……それは」

鉱山は唯一の財源。そしてパラディンの中心であり、象徴でもあるのだ。ミリアンはすぐには返事をすることができなかった。

「かの鉱山を手放したくなければ、属国になると誓え。さもなくば我が帝国はいずれパラディンを侵攻するだろう」

「そんな……なぜ、そこまで大陸を……荒らそうとするのですか」

「答えは簡単だ。喰うか喰われるか。邪魔な勢力がある限り、我々はいっさい引くつもりはない。希少価値の高い宝石を生み出す鉱山は大陸に七つ。我々が誇る軍備には莫大な費用がかかる。パラディンの鉱山は魅力的だ。あなたの言うようにフェリス一世の恩は感じている。だが……今となっては我が帝国に有益なものではない。パラディンという国はもはや不要だ」

ルドルフの冷血な微笑と、言い放たれた言葉が、ミリアンの胸を突く。

——パラディンという国はもはや不要だ。

たとえミリアンを正妃に迎えたところで彼はパラディンを救う気はないということ——。

「あなたは〝帝国の花嫁〟になるのだ。そうなれば、あなたとパラディン国民の身の安全は保証される。悪い話ではないだろう？」

ミリアンは言葉に詰まった。

鉱山を帝国に渡せばパラディンはますます苦しくなり財政難に喘ぐだろう。鉱山を渡さなければ属国になることを誓わされる。それも拒めば力ずくで攻め込んでくるだろう。どちらにせよ帝国は鉱山を手に入れるつもりなのだ。ミリアンが帝国の花嫁になる利益は何もない。これは交渉ではなく一方的な脅しだ。

「さあ、どうする。みすみす捕虜になりに来たようなもので、実に愚かなことだな」

ルドルフは高貴な身分からは考えられないほどの下卑た笑い声を立て、ミリアンの顎を摑んで顔を近づけてきた。

「しかし……美姫とは真《まこと》であったようだ。それだけは認めてやってもよいぞ」

いやらしく嘲るような視線を向けられ、ミリアンは屈辱と羞恥で顔を赤くする。

「おまえの出方次第で多少は譲歩をしてやってもよいぞ。属国となっても国民を奴隷にしないでおいてやれるかもしれない」

「……っ」

「あなたは元帥に堕ちなかったのか？　ずいぶんと愉しんでいる様子だと聞いているぞ」

ミリアンはかっと頰を赤くする。

そうだ、この男が命じたことだというのなら、とっくにヴァレリーに純潔を奪われたことを知っているのだ。なぜこれほど媚びてまで願わなくてはならないのだろう。皇帝は噂通り強欲で、話の通じる人間ではない。夫として好きになれそうな相手でもない。けれど、もう後には引けない。鉱山と引き換えでも国民だけは守らなければ。

「陛下が私を確かめてくだされればよいのです。覚悟はできております」

ルドルフは忌々しげにミリアンの髪をぐいっと引っ張る。

「きゃっ」

「……ふん。パラディンには威勢のいい王女がいたものだな」

ミリアンが唇を噛み、必死に痛みをこらえながらルドルフを見ると、彼はふんと鼻を鳴らした。

「その瞳……きらいではない。面白い、気が変わった。これから私の閨に連れていこう。おまえが望むというのだから異論はあるまい」

ルドルフは不敵な笑みを浮かべ、ミリアンを抱き上げた。

……怖い。けれど、とっくに私の身は奪われた……他に恐れるものなんてないわ。私が望んでここへ来たのよ。最初から願っていたことだったはずよ。ミリアンは不意に浮かんでくるヴァレリーの姿を打ち消し、必死に言い聞かせた。

男に抱かれることなど今さらだわ……。

しかし、ミリアンはルドルフに連れられて扉を開かれた瞬間、目の前の光景に絶句した。

「ひっ……」

むんとした血生臭い匂いが充満していた。拘束具を塡《は》めた中央のベッド、その床には引きちぎられたような無数の髪の毛や、おびただしい血痕が飛び散っていたのだ。

床に転がっているもの……あれは人体の一部ではないのか。ミリアンは顔面蒼白の人形と目が合い、目を背けた。

入るやいなや掃除をしていた使用人が「失礼しました」とあわただしく出ていこうとしたところ、「待て」と不機嫌そうにルドルフは声をかけた。

「は、はい。申し訳ありません。すぐにお戻りになるとは」

「言い訳などいい。そこに転がってる女はなんだ。さっさと始末しろと言ったはずだ」

ルドルフは腰鞘《こしさや》からひと思いに剣を引き抜いた。

「ひぃっ！　どうかご勘弁を！」

「きゃあっ」

ルドルフの表情には血も涙もない。振りかざされた剣は容赦なく使用人の背中へと突き刺された。

「ぐっ……ああっ！」

ものの数秒だ。くたり、と息絶えた使用人と、残虐《ざんぎゃく》な皇帝を前に、ミリアンは声すら出なかった。

なんて惨いことを――。

がたがたと肩が震え、足が竦む。ミリアンは後ずさりするように、ルドルフから離れようとする。その気配を察知し、ルドルフが血を吸った剣を鞘におさめ、こちらを振り返った。

「……返り血を浴びた。ここは使えんな。おまえは別の拷問部屋に連れていく」

ルドルフの表情が酷薄の色をたたえて歪《ゆが》む。

ミリアンはいやいやと首を振る。するとルドルフがふっと嗜虐的な笑みを浮かべた。

「安心するがいい。命だけは繋いでおいてやろう。おまえは妃候補なのだからな」

恐怖のあまり一歩も動けなかった。

がくがくと恐怖に打ち震えながら、ミリアンは新たに連れてこられた部屋を見渡す。そこは先程の惨殺死体が転がっていたような場所ではなく、王侯貴族が住まう豪奢な部屋だった。拍子抜けしつつも気が抜けない。さっきのことが頭から離れていかない。身体の震えがおさまらなかった。

「今から怯えていたのでは面白くない。おまえをどう遊んでやろうか」

不気味な下卑た声で言い、ルドルフはミリアンを中央に設えてあった天蓋つきのベッドにどさりと投げ込む。冷たい金属の感触が手に触れ、ミリアンは枕元を見る。そこには拘束具が備えつけられていた。まさか、と思い見れば、反対の方にも、また足元にも。

ハッとしてミリアンは身体を起こし、酷薄な瞳で見下ろすルドルフをおそるおそる見上げる。

「おまえもあのようにされたくなければ、私に従うがいい」

ルドルフの血のついた指先で頤を上げられ、ミリアンはぎゅっと目を瞑る。

「私は女が嫌いだ。媚びたように男にへつらい……欲望の末に朽ちていくあさましい女が。おまえがそうではないことを見極めよう。わかったな？」

ミリアンは無言のまま頷《うなず》く他なかった。

この男が大陸の暴君……こんな人に嫁ぐの？　私はそれでよいの……？

「今さら腰が抜けたか。だから言ったのだ。おまえも元帥に可愛がられ、国に帰ればよかったものを……」

ルドルフの血の通わないような手がミリアンの喉を絞めつけようとする。恐怖に喘いだ表情を見下ろしながら、彼は懐から取り出した短剣を見せつける。まさか拷問部屋に転がっていた死体のように身体の一部を切断されるのでは、という恐怖がちらつき、ミリアンは悲鳴を上げた。

「いやあっ」

「ふん、これしきのことで騒ぐな。興ざめする」

そう言い、ルドルフはミリアンのドレスをざくざくと切り裂く。まるで鳥が羽根をむしりとられているかのように生地が白く舞う。

がたがたと震えている間に、ミリアンの艶めかしい乳房が露わになり、腹部や下肢も剝き出しになっていく。そしてルドルフは下着をむしりとるように引き剝《は》がし、ミリアンを裸にした。

はあ、……はあ、……と恐怖に喘いだ唇が震える。ルドルフは気が済んだのか、短剣を懐にしまい、ミリアンを見下ろした。しかし震えて動けなくなったミリアンが面白くなかったのだろう、胸元に垂れた金糸雀色の髪さえもむしりとる勢いで引っ張り、顔を上げさせる。

「いやっ」

「……どうした。覚悟をしていたのではなかったか」

下卑た笑い声と共にルドルフはベッドの脇に備えていた鞭《むち》を取り出し、ミリアンの太腿を打つ。

「きゃああっ」

びりっとした痛みが走る。皮膚は真っ赤に腫れ、あまりの恐怖に涙が目尻からぽろぽろとこぼれた。こんな残虐な拷問は取引にもならない。捕囚、奴隷……それと同じだ。帝国の皇帝を甘く見てはいけなかった。ミリアンの痺れた大腿の下にあたたかなものが流れ込んでくる。血が流れたのだと思った。しかし、違ったようだ。

「なんだ？　恐怖のあまりに失禁したのか？」

これは愉快だ、と言わんばかりに豪胆に笑われ、ミリアンは恐怖と羞恥でぎゅっと瞼を閉じる。

「脚を閉じるな、王女よ。その浅ましい場所をよく見せてみろ」

ルドルフは無理矢理ミリアンの膝を開かせ、赤々と潤んだ陰唇に鞭の先っぽをぐいっと押しつけた。今にも挿入されそうな勢いに、臀部がびくりと震える。

「ひっ……やっ」

「王女とあろう女が、これでは娼婦ではないか。あいつにどう教育をされたのだ」

ずぷ、ずぷ、と蜜口に挿入され、ミリアンの腰が戦慄く。

「気高い女を無理に犯してもつまらん。どう教育されたのか私に見せてみよ。よいな?」

そう言い、ルドルフはミリアンの足首を摑み上げ、ベッドに備えられた拘束具の輪に足を通し、金具を留めた。

「両手と片足は自由にしてやる。つまらんものを見せれば、この足はなくなると思え」

そう言い、ルドルフはミリアンの括《くく》られたベッドの前の椅子に腰を下ろし、長い脚を優雅に組んだ。返り血を浴びた軍服、血を啜った剣、残虐な男の瞳の色、ミリアンの心臓は破けそうなほど鼓動を打ち、手も脚も痺れてしまったかのように震える。

「どうした。口ほどにもない女か、おまえは」

ルドルフが興ざめしたように立ち上がり、テーブルに置かれてあった銀の盃《さかずき》を持ってやってくる。そして中に入った液体をミリアンの腹の上に叩きつけた。

「ひっああっ……」

とろり、と液体が秘めたところへ流れ込んでくる。その瞬間から燃えるような快楽に蝕まれ、ミリアンはビクビクンッと腰を揺らす。

「あ、あ、……」

……これは、一体……。

ミリアンの脳裏に香油の存在がよぎる。あのときに感じたものとは比べものにならないほど濃度があるようだ。滴り落ちる滴にすら敏感に反応してしまう。

「ふ、あ、あ、……」

ふん、と鼻を鳴らし、ルドルフは鞭の先をぐりぐりと押しつけてきた。その瞬間、目の前に赤い火花が散った。

「やあっ……！」

「おさめたければ、自分で慰めよ。パラディンの王女よ。おまえが狂うようによがる姿を肴《さかな》にしてやろう」

くっくくっと笑いながら、ルドルフは別の盃に酒を流し込んだ。

ミリアンはぎゅっと内腿に力を込め、じわじわと這い上がってくる恐怖のまざった快楽から逃れるべく、息を吐く。

「どうした。早く慰めてみよ。私を退屈させるな。足を切られたいのか？」

残虐な視線を向けられ、ミリアンはいやいやと金糸雀色の髪をふり乱した。どうしていいかなどわからない。命じられるままにする他ない。

ミリアンは指先を自分の秘所へと滑らせ、濡れている花びらを弄る。

「あ、あ、っ……」

触るのもつらいぐらい感じてしまう。いっそもう早く達してしまいたいという衝動に駆られるまま指を動かす。

「それでは見えぬ。指を二本ぐらい中に入れろ」

「は、あ、あっ……」

「どうした？　元帥にどう教育を受けたのだ。あいつにどう抱かれてきた。想像して感じるがよい」

ミリアンは命じられるままヴァレリーから愛撫された記憶を辿る。丁寧に舌先でほぐされ、しなやかな指に幾度となく甘美な愉悦を与えられ、至福のときに堕ちていった記憶を……。

右手の指を二本、中にねじ込み、中襞をかきまぜ、快楽のツボを探る。しかし女の細くて短い指では届かず、もどかしさで狂いそうになる。

「ん、あ、……ああ、……」

「そうだ。よがり狂え。両手を自由にしたのだぞ、それを使えばよいだろう」

ミリアンは左手の指先でひくひくと痙攣する花芯を弄りながら、右手の指でぐちゅぐちゅと音を立てながら抜き差しを繰り返した。

瞼が熱く火照り、媚薬に蕩けた場所が、激しく蠢く。

乳房が硬く張りつめ、はあはあと浅く息を吐くたびに揺れた。

金属に括られた右足が無機質な音を立て、快楽に震えるたびに痛みが走る。

「遊んでいるのではない。もっと深く抉ってかき出せ。あいつをどれほど咥えたのだ、おまえのそこは」

ヴァレリーのことを思い出すたび、ミリアンの中が蠢く。身体が覚えているのだ、男に愛された記憶を。

「あ、ああっ」

愛している、とヴァレリーが言いながら抱いてくれたことは、彼の警告だったのだろうか。

こんな残虐な王にむしられるぐらいならいっそ――。

……だめ、そんなことを考えるなんて、ああ、だめ……。

もう何もわからない。あの時がきてしまう。こんな暴君の前で……朽ちたくはないのに。

「あ、あ、あ、ああああ……！」

ビクビクンっと大きく震え、みだらな蜜口から飛沫が走り、ミリアンはそれからくたりと息絶えたように横に倒れ込んだ。

朦朧としていたところ、突如、ノックの音が割って入る。

「――失礼します。陛下」

かしこまった男の声だ。また男が殺されてしまうのではないか。

ミリアンは恐怖に戦慄き、身を硬くする。しかし力が入りきらず、逃れることもできない。

「おまえか、元帥」

ルドルフの声に、ミリアンはハッとする。

……元帥……ヴァレリー？

「よい金糸雀を飼っていたものだな」

酒に酔ったような愉快な声で、ルドルフが声をかける。ミリアンはおそるおそる相手を目に入れた。そこにはたしかに銀の長髪の男……ヴァレリーの姿があった。

「陛下、ミリアン王女殿下は、このように扱う女性ではありませんよ」

「ふん、よいではないか。おまえも存分に味わったのだろうよ。なあ」

ヴァレリーと目が合った瞬間、彼の冷たい視線に胸を打ち抜かれるかのようだった。

「ミリアン王女の身柄は、私にお任せいただくお約束です。このあと会議がありますので、陛下は秘書官と共に閣議の間にお越しください」

「まあよい。せいぜい金糸雀を逃さぬようにしておけ」

ルドルフはそう言い、マントを翻して去っていく。

それを見送ってから、ヴァレリーはこちらへ近づいてきた。彼の長靴が小気味のいい音を立てて近づき、ミリアンの前に立ちはだかる。そして憐《あわ》れむような瞳を向け、ミリアンの足首の拘束具を解いた。

「なぜ、あなたは、勝手なことをしたのです。こんなことではないかと訝って、早馬を用意しておいて正解でした。見事に裏切られましたね」

「裏切られたですって？　あなただって私を信用していなかったでしょう？　どのみち……こうなるなら、最初から行動すべきだったわ」

拒絶を訴えるようにミリアンは自分の腕を抱きしめる。まだ身体を這い回る熱が冷めない。ヴァレリーを想像しながら達してしまったことを、ミリアンは激しく恥じて後悔した。

「交渉を持ちかけたのでしょう？　陛下はなんと返事をしましたか」

「……あなたには言いたくありません」

ミリアンは俯いたまま唇を噛みしめた。

「ならば……貴方の侍女を追及しましょうか。兵を買収したのが誰かも口を割らせましょう。そうですね……女性に最適な方法で」

ヴァレリーの意図を察して、ミリアンは弾かれたように顔を上げる。

「待って。ジゼルは無関係よ。私が勝手にしたことだわ。彼女を巻き込んでしまったのは私の責任よ」

声を荒らげるミリアンに対し、ヴァレリーはあくまで冷静だった。

「そう、貴方の責任です。王女としての自覚がおありの方だと思っていましたが、肝心なことが抜けていますね。王女である貴方が罪に問われればどうなることかぐらい考えるものでしょう。頭に血がのぼった結果、稚拙《ちせつ》な行動に出たものです。これでも私は信じていたつもりですが」

ミリアンは煮えたぎった苛立ちをぶつけるようにヴァレリーを睨んだ。

「あなたが……閉じ込めるからいけないのよ。私だって黙ったままではいられないわ」

「わかりました。では、侍女は罪に問わないでおきましょう。その代わり貴方には私の部屋に来てもらいましょうか」

そう言い、ヴァレリーは上着を脱ぐと、ミリアンをぐるりと包むようにして抱き上げた。

「きゃっ……下ろして！」

目線の高さが同じになっても、蔑むようなヴァレリーの瞳の色は変わらなかった。

「私を裏切った罪は重いですよ。最適な方法で……罰を与えさせていただきましょう、二度と私から逃げようと思わないように」

脅しのような言葉はもう通用しないわ……そう反論しようとしたが、今までにないほどの炎を灯した瞳に見下ろされ、ミリアンは言葉に詰まった。

「陛下に何をされていたのです？　まずはそれを話しなさい。いいですね？」

「……そんなこと」

ミリアンはヴァレリーの腕の中に抱かれながら、じんじんと疼く熱の在処《ありか》を必死に押し隠すべくぎゅっと身を硬くした。


「さあ、言うことを聞けない悪い子にはお仕置きです」

ヴァレリーの部屋に入り、ベッドに下ろされたミリアンが必死に後ずさりをすると、ヴァレリーは口端を上げ、自身のクラヴァットを引き抜いた。

ぎしり、とベッドが軋む。ヴァレリーに覆いかぶさられ、ミリアンはいやいやとかぶりを振る。彼には知られたくない。あんなふうに嗜虐的に扱われていたことなど――。

「いやっ……だめ……私に……近づかないで」

「貴方がここへ来たばかりのことを覚えていますか？　初めて私と交わった日のことを。あのときは手を縛られて自由を奪われ、感じていたでしょう？　同じように、陛下にも足首を拘束され、感じていたのですか？」

ミリアンはふるふると首を横に振る。

「私は貴方の状況を把握しておかなくてはなりません。正直に言わないのであれば、確かめる他にないでしょう」

まさかまたどこかを縛られるのではないかと不安になって逃れようとしたところ、ヴァレリーに組み伏せられ、彼の両手に手首を捕えられた。しかし不自由になったのは手や腕ではなかった。

「……やっ……何をするの」

視界が遮られ真っ暗になり、頭の後ろの方がぎゅっと固く縛られる。

何も見えない。目隠しをされてしまったのだ。わかるのはヴァレリーが傍にいる気配だった。

「いやっ」

さらりとヴァレリーの長髪の毛先が触れた気がして、びくんと肩を揺らす。

「……かわいそうに、貴方は余計なことを知ってしまいましたね。さあ、私が正当な快楽を教えてあげましょう」

普段よりも甘い声が、鼓膜にまとわりついてくる。

「なにが、正当、なの……同じよ……これをとって……いやっ」

「仕方ありませんね。そんなに貴方は縛られたいのですか？」

目隠しを必死にずり上げようとすると、両手を頭上高くに上げさせられ、どこかでビリッと布地が引き裂かれる音がした。それがドレスなのかリネンなのかなんなのか、見えないかわからない。手首にぐるりと布地が巻きつけられた感覚だけはわかった。

「いやっ……ほどいて……っ」

縄のように結ばれた布地は、手首を抜こうとすればますます締まるだけだ。

「貴方が暴れるから……また一つ自由が奪われてしまいましたね。さあ、あとはもう私が与える愛撫に身を委ねるしかありませんよ。それとも……まだ暴れるなら、両脚まで縛りましょうか」

ヴァレリーなら本当にしかねない。何も見えない、腕を拘束された状態では、声を張り上げて抵抗するしかない。

「……ひどいわっ……あなたは最初から知っていたのでしょう？　陛下にその気がない……と。へたな交渉をさせないように……私を遠ざけていたのね。時間稼ぎのために……」

「あんまり騒がしいと、口も塞がなくてはならなくなりますよ。私は陛下とは違って、貴方を苦しめたいわけではないのです。せっかくの可愛い声を封じたくはありません」

ファレリーは淡々と言った。

「はぐらかさないで。ちゃんと答えてっ……」

ミリアンが身を捩りながら声を荒らげると、ぎしっとベッドが軋み、重たい身体がのしかかってくる。

怖い、という感情よりも先に、避けるまもなく唇を奪われた。

「んっ……」

いやいやとかぶりを振ったところで獲物を喰らうかのように噛まれ、苦しくて喘いだ拍子に舌をぬくりと押し込んでくる。逃れようとする舌先を捕え、ねっとりと絡め合わせられてしまえば、もう為す術はなかった。

「ん、……んっ……んーー！」

ヴァレリーの手のひらが乳房の膨らみを確かめるように這わされ、そして懲らしめるように尖端をきゅっと指で摘まんだ。それも一度だけではない、二度、三度、擦りつけられて、下腹部が波打つ。

「んぅっ……あぁ！」

喉を反らした隙にヴァレリーの唇が首筋を這い、無防備な肌を躾けるべく、薄い皮膚を強く吸い上げてくる。彼のものだと言わんばかりに執着されたそこはきっと痕がついていることだろう。

ヴァレリーの唇がついと離れ、彼の身体の重みが引く。

「さあ、無防備な身体の……どこから愛してあげましょうか。どこもかしこも美味《おい》しそうですからね」

「……言ったでしょう？　愛だなんて、軽々しく……言わないで……」

「本当にわからずやの金糸雀姫ですね……また一から教育し直しましょう」

「そんな必要など、もうないわ。だから、放して……っ」

「……いいえ、必要ありますよ。貴方が脚を開くのは、私の前だけです」

「なぜ……」

「なぜか、これから教えてさしあげますよ、貴方がいい子にしているのなら……」

最初に触れられたところは両方の乳房だ。武骨な手の形が伝わってくるほどに揉み上げられ、勃ち上がっているだろう頂を指先で転がしてくる。

「あ、ぁっ」

「……もうすでに硬くなっていますよ」

ふうっと鼓膜を揺らす熱い吐息に戦慄き、そのまま耳朶へ唇を這わされるかと思い身構えたところ、唐突に秘めたところへと手が伸びてきたから驚く。

目隠しと拘束をされている状態のミリアンは内腿をぎゅっと閉じて抗うぐらいしかできない。どこから触れられるのか予測がつかなくて不安だった。

「あっ……」

秘めたところを暴くべく長い指が這わされ、くちゅ、と濡れた音が、想像以上に響き渡り、ミリアンは思わず脚を閉じようとしたが、遅かった。

気をよくしたヴァレリーの指先がいたずらにミリアンを弄ぶ。陰唇の割れ目を往復させ、ねっとりと蜜を絡めた指先で花芽を剝く。

「あ、あぁ……っ」

「ずいぶんと濡れているのですね。いったいどんなことを……していたのでしょう。私としたようなことをすべて……していたのでしょうね？」

わざと焦らすように秘裂を上下になぞりながら、ヴァレリーが微笑を洩《も》らす。

「ちが、……してないわ。一方的に……ひどいことを、されたのよ」

じわ、と蜜が溢れて、ミリアンは必死に下腹部に力を込める。

「では、なぜ、あなたの指先から蜜の匂いがするのでしょう？　自慰行為でもさせられたのでしょうか？」

鋭い指摘にかっと頰が熱くなる。

「当たりのようですね。どんなふうに想像してしたのです？　私に触れられたことを思い出しましたか？」

「……あなたが、私に教えたのよ。私は……何も知らないもの」

「そうでしたね。ですが、貴方もどうされたいか欲求があるでしょう？　あなたの思い通りにしてあげましょうか？　それとも……予測のつかない愛撫こそ好奇心がくすぐられ、気持ちいいでしょうか？」

必死に抗いながらも、身体がヴァレリーの指の動きに合わせて跳ねてしまうのが悔しい。

敏感な花芽を懲らしめるように摘まれ、ひっと喉の奥がくぐもる。濡れた舌で陰唇を舐めながら、剝き出しになった紅玉をちろちろと転がされ吸われる感覚に、たまらずつま先でリネンを掻《か》く。いつも以上に敏感になっているようだ。

「あ、あん、……ン………やぁ、……っ」

抗えば抗うほど激しく吸われ、頭の中が蕩けてしまいそうになる。ヴァレリーの舌戯は罰するよりも甘やかにミリアンを翻弄し、理性を切り崩そうとする。

戦場と閨事はもしかしたら共通しているのかもしれない。ヴァレリーの手練手管に陥落してしまいそうになる。負けてはだめだと言い聞かせても、次々に攻められて泣きたくなってきてしまった。

「はぁ、……あ、……ん、……やっ……あぁっ……」

「そんなに暴れないでください。怪我《けが》をしている場所がないかどうか、確認しているのですから」

ねっとりと陰唇を舐め上げながら、ヴァレリーが熱い吐息をこぼす。

突然とろりと熱い液体が下腹部に流れ込んできて、ミリアンの身体はさらに大きくびくんと跳ね上がった。

「ひゃっぅ……な、なに……」

ミリアンはハッとした。

まさか媚薬の香油がまた……と怯えていたところ、ヴァレリーが臍《へそ》の下をねっとりと舐めはじめた。

「ん、……ぁ」

ぴちゃぴちゃ、とわざと淫靡な音を立てながら、くぐもった声がミリアンの考えを否定した。

「安心してください。粘膜を保護する薬です。念のために塗っておきましょう」

今度は胸の先をとろりと落ちていく。見えないから想像するしかない。それを舐め取るように舌をゆるゆると動かしているのだろうか。

「……ん、だめ……」

胸の先を滴っているだけなのに、濡れた舌で拭われているかのようだ。彼の唇はまだ臍の舌をなぞっているはずなのに、下腹部から薄い繁みを流れていく液体は指先で広げられているかのように錯覚してしまう。

突然、太腿の辺りに濡れた舌が這う感触がし、思わず腰が浮いた。

そのまま付け根を辿って内腿に下りていくかと思いきや、唐突に足の指に生暖かく湿った感触が張りついてきたことにミリアンは驚く。

「ひっあっ」

親指をぱくりと咥え込まれた瞬間ぶるりと背筋が戦慄いた。

「この足ですね。私から逃げようとした悪い足は……かわいそうに、赤くなってしまって……私の傍にいれば、このようなことはなかったのに」

指を一本ずつ舐めしゃぶられるたび、秘めたところが潤んでいく。そんなところが感じるだなんて信じられなかった。知られたくないと思って声を押し殺しているのに、ヴァレリーが辱めるように膝を折り曲げてきて、指でぷっくりと膨れた花びらをつるりと撫でるものだからたまらなかった。

「あっ……ぁあっ……」

ぴちゃ、ぴちゃ、と水浴びをしているかのような音が響く。淫猥な蜜が滴っている証拠だ。ねとねとと指先を舐られながら、ヴァレリーの指が陰核を刺激する。まるでそこを直接舐められているかのような快感に脳が蕩けてしまいそうになる。

「……だめ、指、……やっ……」

「どんどん溢れてきますよ。こんなにしてしまわれて……薬を塗る必要もないほどですね。さあ、果実の熟れ具合を確かめてみましょうか」

蕩けきった淫唇を開いて、ぬぷんっと長い指が中に入ってくる。気持ちいいつぼを捉えようと探る指先が柔襞を捏ね回してくる。

「あ、ぁ、……っ……」

ミリアンは人魚のようにびくびくと跳ねて、ヴァレリーのすることに従う他なかった。

「とても従順で可愛いですね。こんなに私を欲しがって……次はどうして欲しいのでしょう？」

外から声で、中から彼の指で、どれほどでも蕩けさせられてしまう。

「んっんっ……うごかさ、ない……やっ……」

ざらりと浅い繁みに感じた舌の感触に甘い予感を抱くものの、肝心の場所には触れない。腿の付け根をくすぐるように舌が這い、周りが舐められるだけ。そのたびに痙攣してしまう。

「はあ、……あぁ、……」

「……ん、もどかしそうに腰が動いていますね。蜜をこんなに噴き出して……なんて愛らしいのでしょう。ですが、これは私からのお仕置きです。まだここには触れてあげませんよ」

そう言いながら、ヴァレリーが指先でつっと割れ目をなぞった。

ヴァレリーの唇は跳ね上がるミリアンの腰の括れに吸いつき、さらに濡れた舌は焦らすような動きで脇腹を往復する。

「……はぁ、……あ、……っ」

乳房の頂の周りを撫で回され、喉の奥がぐずつく。身悶えながら下腹部を反らしたり腰を揺らしたりしてしのぐので精一杯で、うなじを舐められ、耳朶をちゅうっと吸われると、ついには泣き出したくなってきてしまった。

「……あ、ぁ、……もう、……」

許して……と口走りそうになった。

全身が敏感になってつらい。次にもしも弱い場所を責められたら、一気に弾けてしまいそうなほどに昂っている。羞恥と甘美な快楽に堕ちていきそうになる。

「貴方から降参してもいいのですよ。して欲しいことがあるなら、その可愛らしい唇で言いなさい」

ヴァレリーが言っていたように五感の一つが損なわれている分、他の感覚がそれを補うように強まっている。

耳に触れる淫らな水音、肌を伝う濡れた舌、それらを今までにないほどに敏感に察知してしまう。

入口に触れようとせずに花びらをゆっくりと広げる指先がもどかしい。

喉のところまで出かかっている言葉を、ヴァレリーは催促するように焦れた動きで責めてくる。

「ん、……ぁ、……あっ」

言ってはだめ。

彼の思い通りになるだけ……。

「よろしいのですか？　貴方がつらくなるだけですよ。焦らされれば焦らされるほど……疼いてしまうでしょう？」

唇を噛んで我慢するものの、ひくひくと痙攣する場所は止められない。

ふっと熱い吐息がかかっただけで跳ねてしまう。

「あ、あん……」

「素直に言いなさい。指で触れて欲しいですか？　舐めて欲しいですか？　貴方は何を想像して感じていたのです？　一つだけ……あなたの望むことをしてあげますよ」

付け根ばかりを舐めて、舌先で焦らされる行為に堪えきれなくなり、ミリアンはついに口走ってしまう。

「……ん、……舐め、て……ほし、……」

羞恥と屈辱と官能と入りまじった不思議な感情が、ミリアンの身体を熱くさせる。

「どこを舐めて欲しいのです？　ここですか？」

ヴァレリーは揶揄を含んだように微笑し、臍の下に舌を這わせた。薬は溶けかけたジャムのようで、ぴちゃぴちゃと音を鳴らしながら舐め取ってくる。

「こんなふうに、私にされることを、想像しましたか？」

「んぅ、……い、いやっ……」

きっとヴァレリーにはすべて見透かされている。彼は頭のいい人だ。それに皇帝の動向もわかっている。ミリアンの身に起きたことも察しているに違いない。だからこそ言えなかった。

「違うのですか？」

「……ん、……は、……ぁ」

そこから下の繁みの奥にあるものに触れて欲しくて、うずうずと腰を揺らす。すると、ヴァレリーの舌先が浅い繁みをかき分けるように下りていき、ようやく触れられる悦びを期待して、甘いため息がこぼれる。

ついに彼の舌が張りつめた肉芽を捉えた。

「ん、んっ、ああ……そこ、……つらい、の……っ」

ねとねとと縦横無尽に弄られ、甘い熱が迸る。彼の舌を待ちわびて腰を押しつけるように揺らしてしまうと、ヴァレリーの唇が可愛がるようにくちづけてくる。

「催促までして。よほど欲しかったのですね」

蜜に濡れた淫唇を丁寧に舐められ、勃ち上がった花核をくりくりと弄られては吸われる感覚に、ミリアンは腰を揺らしながら身悶えた。

「あ、あっ……ぁっ……」

「貴方のそそる声が好きです。もっと聴かせてください」

お仕置きだというのなら、好き、だなんて言わないで欲しい。

そう思うのに、ヴァレリーの生暖かい舌が這わされる感触がたまらなく気持ちよくて、もっとして欲しいという激しい渇望が止め処なく噴き上がってくる。

けれど言えない。

抑えようとすればするほど逆にもっとして欲しいという感情は募っていくばかりで、乳房の先まで硬く張りつめ、敏感になっていく。それを悟ったかのように片方の手が伸びてきて、乳頭をやさしく弾く。

「ひゃ、あん、……」

意識が逸れたうちに、先程から歓喜に戦慄いていた蜜口にぬぷり……と指が入ってきた。待ちわびたものを与えられた悦びで、中が激しく蠢《しゅんどう》動する。ヴァレリーの指は絡みつく柔襞をなだめるように捏ね回し、上壁の一番敏感な場所を指の腹でこすった。

「あっあぁ！　まって……んん、だめっ……あっ……」

内側と外側と、指と舌と、それぞれが同時に捏ね回され、蜜をたっぷりとたたえた器を飲み干すかのように、ヴァレリーが吸いついてくる。

ぴちゃぴちゃという音が響いて、鼓膜まで甘く犯されてしまう。

待ち焦がれていた場所が余すことない舌戯に満たされ、ついに熱い潮がびゅくっと噴きこぼれた。

「あ、あ、あ、っ……きちゃうのっ……ゆるして、……もうっ……」

あまりの喜悦に全身が震える。自由にならない手の代わりに、ミリアンは喘ぐ声でヴァレリーに必死に訴えかけた。

「ん、いいですよ。ほらもっと……思うまま感じてしまいなさい」

膝が胸につくほどに曲げられ、赤く膨らんだ花芽がヴァレリーの舌先で擦られる様子がはっきりと見えた。向けられる視線までも甘く、ミリアンを官能の頂点へと誘う。

——あの感覚がくる。

「あ、ああっ！　あぁぁっ——！」

一瞬の空白、浮遊感、目眩《めまい》……ミリアンの身体は戦慄き、くたりと弛緩していく。

じんとした疼きはまだ残ったまま、激しく達してしまったせいで全身が痙攣していた。

混沌とした世界を彷徨いながら、息を整えている間に、ヴァレリーが覆いかぶさってきた気配がした。

「本当にあなたの声は……可愛らしい。ひどくそそられます。おかげで私もいつも以上に欲情してしまいましたよ」

内腿の間にひたりと触れた物質の存在に、ミリアンは蕩けていた意識を持ち直した。

目隠しで見えないが、彼が言うように長大な彼の分身はいつも以上に逞しくそそり立っているようだ。

彼の雄芯が淫らに蠢く肉洞を滑り、花芯に擦りつけてくる。淫らで焦れた動きは、ミリアンの体内を期待に戦慄かせ、甘い蜜を滴らせた。

「早く挿れて欲しいのではないですか？　自慰行為だけでは、さぞ苦しかったでしょう。かわいそうに」

「ん、あぁ、……ん、……」

今まさに挿れられるのではという期待に戦慄く場所へはいつまでも入らない。亀頭の括れで陰唇を捏ね回すだけ。

「……あ、ぁ、……っ」

びく、びく、と小刻みに達してしまうミリアンを見下ろし、雄芯で窪みを上下に擦りつけた。赤く濡れそぼった陰唇が早く受け入れたいと言いたげに痙攣している。

「物欲しげな瞳で見て。お仕置きで感じるなんて……新たにお仕置きをしなくてはなりませんね。私のこれで……」

熱く猛った彼の屹立が赤々と濡れた陰唇に押し当てられ、ミリアンは腰を浮かせた。

「あ、待っ……」

「待てません。焦らされたのは貴方だけじゃない。私も一緒なのですよ」

熱く猛った彼の屹立がぐぷ……と埋め込まれ、構える間もなく、狭い柔襞を押し広げられた。

「ん、あ、あぁっ！」

まだ先端がほんのわずかに埋められただけ。それなのに中が歓喜に戦慄いて、甘く染められていく。

「あ、ああっ……あぁ！」

一瞬のとき、自分に何が起きたのか理解できなかった。

目の前に激しい火花が散り、意識が白く染まった。

ぶるりと震え、つま先が宙を掻く。心臓が激しく音を立て、息をするのが苦しい。

わかるのは腹の中に熱いものが埋まっていることだけ。

「挿れた途端にまたイってしまうとは……可愛い姫です」

そう、達してしまったのだ。

まだ半分も挿入されていないうちに彼を食いしめ、激しく蠢いている。

浅い呼吸を繰り返し、絶頂の余韻に身を委ねていると、ヴァレリーはミリアンの震える臀部を掴み上げ、ぎちっと狭まる中へ最後まで埋め込もうとする。

達したばかりの中は感じやすくなっているらしく、些細な伝導だけで容易くのぼりつめてしまいそうだった。

「あ、っあ……だめ、……今、……いれちゃ、……んっ……ぁ」

はち切れそうなほどの質量をたたえた熱棒が切っ先だけでなく全体を埋め込むようにぐうっと奥まで沈んでくる。

「ああっ……」

脳を焼きつくすような激しい快感が込み上げ、ミリアンはこらえきれず腰を揺らして抗うが、ヴァレリーの手が柔肉に食い込むほど臀部を引き寄せて離してくれない。

蜜胴いっぱいに埋められた雄がさらに媚壁をほぐすようにぐりぐりと先端を擦りつけてく

る。

「ん、ああっ……ぐりぐり、しちゃ、……やぁっ……」

「反省しているなら、ちゃんと最後まで受け入れなさい」

腰骨が当たるほど密着し、斜め上に突き動かしながら、肉芽を指の腹で弄られると、外側と内側と快感の火種が集まって、瞬くまに達してしまいそうになる。

「ふぁっんん……今、動いちゃ、……だめ……」

「なぜです？　これが欲しかったのでしょう」

肉芽からぷつりと剝き出しになった紅玉を蜜に濡れた指で捏ね回しながら、ずんっと最奥を穿たれ、頭が真っ白になる。ミリアンが仰け反ると間髪を容《い》れずに抽挿を激しいものにしていく。

「あ、あんっあっ……あ、……はぁ、っ……あんっ！　あぁっ」

腰を押しつけるように前後に揺すぶられ、肉を打たれると共に、乳房が淫らに弾ける。ヴァレリーの長髪がミリアンの胸をくすぐるだけでも感じてしまう。

乳房をやさしく揉まれ、ぷつりと腫れ上がった頂が硬い胸板で擦られる感触もまた絶頂へのきっかけになりそうだった。

「少しでも動かすとまた達してしまいそうですか？　ずいぶんと敏感になってしまったようですね」

ヴァレリーはそう言い、ようやくミリアンの目隠しを外し、汗と涙で濡れた瞼にくちづけを落とした。うっすらと目を開くと、情欲を抑え込んだ碧い瞳が見つめていて、どきりと心臓が跳ね上がる。

銀色の獣……というよりも、一人の男として手に入らないものを渇望してやまないと訴えるような表情だったからだ。

「やはり貴方の潤んだ瞳が見えた方がいい……いとしの姫君」

(どう……して、そんな目で見るの。この人が……もうわからないわ)

まるで恋人を愛するような目で見るの。この人が……もうわからないわ)

急に恥ずかしくなってしまい、ミリアンは視線を逸らす。

「おねが、い。腕も外して……ほしいの……」

思いがけず甘い声がこぼれた。しかしヴァレリーは許してくれない。恥じらうミリアンを見下ろし、いじわるな指先で胸の先をいたぶりつづける。

「ん、……っぅっ……胸、や、ん、……っ」

「一つだけですよ。お願いを聞くのは。言ったでしょう？　これはお仕置きなのですよ。それなのに貴方はこんなにも感じて……いけない身体になったものです」

ヴァレリーが腰にぐっと力を込め、奥へ奥へと熱杭を沈めてきて、根元まで広げた場所で奥を掘削してくる。ごつごつと当たる場所を何度も責められ、ミリアンは途方に暮れたように喘いだ。

「ああ、っ……っだって……んん、はぁ、っ……んっん」

「だって、なんですか……本当にまるで幼いお姫様みたいですよ。ちゃんと言いなさい」

さらに花芯を擦り上げるように密着され、あまりにも感じすぎて、淫らな責め苦に涙がこぼれ落ちた。

「ふっぁ……あ、ぁ……っ！」

けして自分からねだるようなことはしたくないと思っていたのに、もうこれ以上構っていられなかった。

焦らさないで、激しく突いて満たして、奥までいっぱい欲しい。

「あ、あ、っ……おねがい、……もうっ……だめ、なの……奥……して欲しい、の……っ」

質量を蓄えた彼の雄肉に穿たれるたび、ミリアンの中が絡みつき、甘い痺れに冒されてしまう。

「欲張りな貴方には、もっときもちよくなれるように……こうして奥に挿れてあげましょう」

それを見切ったかのようにヴァレリーはゆっくりと抜き差しを繰り返し、ミリアンに大きな愉悦を呼び込もうとする。

「……あっ……そんな、ゆっくり……焦らしちゃ……おかしくなっちゃ……うっ……」

うねるような動きがもどかしくて苦しい。激しい快感への飢餓感を払うように腰を揺らしたくなってくる。

まるでお預けとでも言いたげに、角度を絶妙に変えながら媚壁を擦り上げる雄芯の動きが焦れったい。

甘い波が次から次へと迫り上がってきて、全身が痺れてしまう。

ヌプ…と抜け出ていこうとする雄を恋しがるように中がざわつき、再び入ってくるそれを搦めとるように激しく締めつけた。

「この方が感じますか。ゆっくり……深く沈められた方が……つらいですか」

ヴァレリーの言う通り、激しく突き立てられるよりも、こうしてゆっくり揺すぶられる方がずっと強い快楽の波が押し寄せてくるみたいだ。繰り返し何度もそうされるにつれ、胸の先まで敏感に張りつめ、瞼の裏がちかちかと輝いた。

「あ……はぁ、っ……ん、……あぁっ」

ずんと最奥に埋めつくされた雄がもどかしげにぐいぐいと熱杭のように打ちつけ、熱を集めつづけた終点を蕩けさせはじめた。

これまで以上に強い快感に、ミリアンは仰け反りながら腰を揺らす。けれどヴァレリーは逃すまいと雄芯を沈めてくる。

「……あっあっあぁ……」

「こんなにも身体は私を求めて離さないのに……あなたは……」

ヴァレリーが声を潜めるように苦しげに言って、ミリアンの最奥へとつよく突き上げる。

「あん、あぁ、……はげし、……ん、……あっあっ……」

繰り返し、繰り返し、ずん、ずんっと強弱をつけながら、知らしめるように彼の証を刻みつけてくる。

「貴方の中が……絡みついて、とてもよいです。可愛い人……もっと感じなさい」

「ふ、あぁっ……」

ミリアンが喉を反らしながら嬌声を上げると、ヴァレリーは白い首筋に噛みつくようにキスをしてきて、彼の熱杭がぬちゅぬちゅと密着した中を捏ね回す。

まるで味わいつくすかのように深く沈めて叩きつけてきて、甘い動きで翻弄し、まるで彼の存在を忘れるなと忠告されているようだ。

最奥を突く感触がより重さを増し、熱の捌け口を探していることを感じる。ミリアンにもまた新たな絶頂が迫っていた。

「忘れないでくださいね。貴方は……私のものです。永遠に……ずっと」

永遠に……ずっと？　なぜそんなことを言うの。ミリアンの脳裏に浮かんでは快感に打ち消されていく。

想いの丈をぶつけるかのようにヴァレリーが深いところを求め、肉がぶつかり合う激しいた。


打擲音が響き渡る。

「あ、あぁ、……っ……はぁ、……っ……あぁ、……！」

根元までいっぱいに広げられ、貪るようにくちづけを交わしながら、危険な予感に囚われ
ヴァレリーの求め方が今までと違う。

これまで一度も彼はミリアンの中に吐精したことはなかった。

しかし今夜は違う。そんな気配がする。

彼の屹立がよりいっそう硬く張りつめ、絶頂へと誘おうとする。

「……だめっ……あっ……それだけはっ……やめ、てっ……っ……」

「もう遅いです……っ」

ヴァレリーの手に力がこもる。揺れる乳房を捏ね回しながら、腰を振りたくられる。熱く猛った刀身がミリアンの中を迷いなく穿ち、熱の捌け口に的を当てはじめる。

「あ、ぅっ……あっ……ん、はっぁ……だめ、んっ……あぁっ……いっちゃ……うっ……！」

がくがくと身体が震え、摑まれた腰にぐっと力が込められ、逃れる場所がなくなってしまう。早く離れなくてはと必死に腰を引くが、彼の力強い手が離してくれない。

長い時間焦らされて充満した熱がついに膨れ上がって爆発した。

「ん……や、あああっ……！」

脳天を突き抜けていく衝撃に、ミリアンの身体がびくびくと跳ね上がる。ヴァレリーの剛直があとを追うべく叩きつけるように振りしぼり、最奥へと突き入れてきた。

「……っ……はっ」

ミリアンの奥に熱いものが勢いよく迸ってくる。

ざあっと意識が遠のいて、腰の奥が甘くよじれている。

彼を受け入れた中は激しく収斂し、ドクン……ドクン、と強い脈動が伝わってくる。

胎内の奥がじんと痺れ、彼の体液を飲み込むように蠢いているのがわかる。

ああ、ついに最奥へと精が放たれたのだ――。

ミリアンは熱を帯びて汗ばんだヴァレリーの重みを受け止めたまま、頭が真っ白になり、動けなかった。

互いの荒々しい呼吸だけが閨に響いて、やがて潮を引くように沈まり返っていく。

ミリアンの汗ばんだ金糸雀色の髪を指先でいとおしむように梳きながら、ヴァレリーが唇を重ねてくる。そして耳元で囁きかけてきた。

「貴方のおかげで、時間稼ぎが台無しになるところでした。貴方は私の子を孕むのです……皇帝陛下ではなく、私の子を……」

重なり合った鼓動はまだ早鐘を打っていて、ぐっと根元まで密着された中が激しく収斂し、彼のまだ冷めない怒張を包み込んでいた。

ミリアンは放心状態のあと、時間稼ぎ……ヴァレリーの子を孕む……その意味にハッとした。

「まさか……あなたは何を企んでいる？　最初からそのために私を利用したの……？」

落ち着きつつあった心音が急激に速まっていく。

これまでは妃教育だと理由をつけて皇帝から遠ざけるだけだった彼が、今になってミリアンを手に入れようとする意味を考えたら、理由はただ一つだけしか思い浮かばない。

今しがたミリアンの体内を焦がしていた情熱とは真逆の冷ややかな笑みを浮かべるヴァレリーを、ミリアンは信じがたい思いで見つめた。

「……もしもあなたが私を妻にし、皇帝になれば、……子が生まれたときに優位になるからだとでも？　まさかあなたは帝国を乗っ取るつもりで？」

否定して欲しくて震える声で尋ねると、ヴァレリーは皮肉げに口端を引き上げた。

「ずいぶんと知恵が働くのですね。さあ……どうだと思いますか」

「私は皇帝陛下の身分を利用しようとしたわ」

そう、皇帝にとってミリアンの身分は、強い勢力に呑まれそうになったときに諸侯や教皇にアピールする種になるとミリアンは考えた。

だからこそ皇帝の妻となり妻の祖国への誠意をねだって小国が滅びないようにと頼むつもりだった。

だが、ヴァレリーがもしも皇帝の座を乗っ取ることを考えているとしたら、それも叶わなくなるだろう。

「もしも貴方の予測通りに私が企んでいるとしたら、ここで手を組むのも悪くありませんね。互いに希望が叶うのですから」

そう言い、ヴァレリーは喉の奥でくっと笑う。

しかし彼の真意はまだ見えてこない。警戒しているのかはぐらかしているのか面白がっているのか。

ミリアンは腹を立てた。

「はぐらかさないで、答えて」

「私は皇帝の座が欲しいわけではありません。それ以前に皇帝になるためには高貴な身分の者でなければ叶いませんよ」

「じゃあ何を企んでいるの」

「失ったものを取り戻すために動いているだけです」

「失ったものを取り戻す……それは一体……」

ミリアンはヴァレリーの瞳を覗き込むようにして見上げた。彼の表情からはうかがえない真実を探して——。

けれど、やはり何も見えてこない。

「貴方はとても無垢なのに、勇敢だ。あなたには引きつづき……ここで私の愛を受け入れてもらいます。陛下には渡しませんよ」

ミリアンはそれを聞いてショックを受けた。

ヴァレリーの武骨な手が、ミリアンの華奢なうなじに這わされ、震える唇を指先でなぞった。彼の仕草はいつもどこかでやさしく労《いたわ》るようで、憎みきれないところがあった。けれど、愛とは違う。

「愛……これが愛だというの？」

ミリアンの瞳に涙が溢れてきそうになる。下腹部を甘く溶かした彼の熱はまだ埋まったまま、離れていこうとしない。

ヴァレリーの表情が切なげに曇り、彼は拘束したミリアンの腕をようやく自由にした。けれど、全身が弛緩してしまい、力が入りきらなかった。

「私の愛は、もう昔に……」

と言いかけて彼はハッとし、口を噤んだ。

ミリアンはヴァレリーの表情の変化に見入るが、彼は見透かされるのを拒むかのように、睫毛を伏せた。

あなたの愛は……？　もう昔に？

一体何を言おうとしていたの……？

覗き込もうとするミリアンの視線を払い、ヴァレリーは唇を重ねようとする。

「さあ、まだ、終わっていませんよ」

「ん、……ぅ！」

唇をついばむ吐息が熱い。抱きしめる腕が甘い。

すべて吐精したはずの熱が、みるみるうちに膨らんでいく。彼の屹立に揺さぶられ、飲み込みきれなかった体液がぐちゅ、ぐちゅと淫猥な音を立てる。

「あ、ああっ……」

触れる指先も、滑っていく唇も、体内を満たす情熱も、すべてが……溶けるほどに甘く、愛していると錯覚するように記憶に刻みつけられていく——。

ああ、このままでは羽を手折られてしまう。彼の腕から離れられなくなってしまう。抗おうとする気力はだんだんと奪われていく。一度されたならもう何度でも一緒だ。いっそ残虐な皇帝に命を奪われるぐらいならばこの男の傍に……そうして麻痺して何も考えられなくなってしまう。

あがけばあがくほどに毟《むし》られて……もういっそ囚われたままの方が楽になれるかもしれない。こうしている間だけなら、愛と錯覚するような時間があるのなら……。

ヴァレリーに抱かれている間ミリアンの心は揺れつづけた。けれど、ミリアンには責務がある。このままでは本当の意味の平和は来ないのだ。

私は一体どうしたら……どうすべきなの――高みにのぼりつめるさなか、ミリアンの記憶の片隅にいた少年の残像がふっと消え、ちらちらと雪のように散っていった。

◆6 明かされた真実

皇帝ルドルフの真意が明らかになった今、ミリアンがヴァレリーのもとに閉じこめられている理由はなくなった。ヴァレリーはミリアンに執着しているだけだ。妃候補として受け入れられることがないと知った以上、長居している場合ではない。ただ足止めされているだけだ。このままではパラディンにとって不利なことが起きてしまうかもしれない。一刻も早く国に戻らなくては。

けれど、ルドルフから持ちかけられた取引を無視するわけにはいかないだろう。

なんとかルドルフの意図の裏を掻けないか、いい策はないか。城内での自由を許されたあとも、ミリアンはずっと考えていた。その傍ら、ヴァレリーの言っていたことが頭から離れなかった。

失ったものを取り戻すために動いていると言った彼の言葉が……。

……何を失い、何を取り戻そうというの？　過去にあの人に身に何があったというの？

その時、部屋の扉がノックされ、ミリアンの考えは中断された。

「失礼します。ミリアン王女殿下」

入ってきたのは秘書官のノルディオンスだった。

「陛下がお呼びです。神殿の間にお越しくださいませ。私がご案内いたします」

ノルディオンスは硬い口調でそう言った。

「陛下が……」

ミリアンはわき上がる不安を抑え込むように、こくりと喉を鳴らした。まだはっきりと覚えている。人を人とも思わぬ血の通わない暴君の残虐な行為を――。猟奇的な場面を思い出し、ぞくっと寒気が走った。

ルドルフの方もミリアンを自由のままにしておく気はないだろう。取引について追及するつもりに違いない。意に沿わないことを申し出れば、きっと命はない。人質としての用をなせば、王族であるミリアンをどう扱おうと構わなくなるはずだ。なんとか祖国に帰してもらえる方法を考えるしかない。

――でも、私が帰ったら……もう他に策は残っていないわ。私はどうすれば……。

ノルディオンスに従って神殿の間に行くと、ルドルフが待ち構えたように玉座に悠然と座っていた。肘掛けに寄りかかりながら視線はこちらから離さない。ミリアンがおそるおそるやってくるのを観察していた。返り血を浴びた惨殺者の姿は今ない。金の玉座にこの男が座っていることにすらミリアンは憤りを覚えた。この暴君のために大陸では流さなくていい血が流れている。この男の妃になるなんて考えるだけで恐ろしい。

苛立ちと焦りと不安と恐怖と、様々な感情がミリアンを追いつめる、身体が震える。どうか冷静になるようにと気持ちを抑え込み、ミリアンはルドルフをまっすぐに見た。

「ミリアン王女、覚悟は決められたか」

その問いに、ミリアンは黙秘を貫いた。時間稼ぎだとわかっているが、考えがまとまらなかったのだ。それに、ヴァレリーにあれほど何度も種づけされたのだから、ヴァレリーの子を孕んでいる可能性もある。もしもそうなった場合……どうなってしまうのだろう。ヴァレリーが皇帝の暗殺を企んでいるとしたら、片棒を担ぐことになるのではないか。

それが明るみになれば、ただでは済まされない。しかしヴァレリーにつけば、ルドルフのような振る舞いはきっとしないだろう。少なくともミリアンに対しては。けれど、彼は皇帝の座が欲しいわけではないと言っていた。それにルドルフのような暴君に成り果てないともいえない。

ヴァレリーは何かを守るためだと言った。それは一体なんだというのだろう。

……わからないわ。皇帝が、元帥が、それぞれ何を考えているのか。

唇を固く閉ざしたままのミリアンの様子を眺めながら、ルドルフは皮肉げに鼻を鳴らし、尊大に言い放った。

「黙秘か、まあよい。我が軍はパラディンのノベンツァー鉱山へ視察に向かうつもりだ。すでに使者を送り、駐屯兵《ちゆうとんへい》と国境警備隊との間で話は済んでいる。王女殿下一行には視察団と共にいったん帰国していただこうと考えている。答えはそれからでよい」

答えを求めると言いながら、皇帝陛下の采配は一つに決まっている。ミリアンの意思など関係ないのだ。パラディンに入ったなら、ミリアンを人質に交渉を迫ることだろう。囚われの王女を放して欲しくばノベンツァー鉱山へ入ることを許可しろ、と。

そしたら次はもうない。すべてを手に入れなければ気の済まないこの男が譲歩するとは思えない。ついに侵略の時がやってくるのだ。改めて大帝国を前に自分の無力さを感じてしまう。

「ミリアン王女、最後によく考えよ。国を捨てて私と来るか。国と心中するか。それしか答えはないだろう。あなたの身を考えたら……どちらを選んだ方が賢明か」

ミリアンは悔しさのあまり唇をぎゅっと嚙み、手のひらに力を込めた。人をこれほど憎いと思ったことは初めてだ。血がたぎるような感情に囚われる。

ルドルフが蔑むようにふんと鼻を鳴らし、待機していた兵の方へ顎をしゃくった。

「パラディンの騎士団を牢から解放し、見張りをつけろ。視察団の出立は明後日、元帥が指揮をとると伝えろ」

「はっ」

ミリアンの表情がよりいっそう強張る。軍の総指揮官となる元帥がこの件で指揮をとるとなれば、侵略目的で臨むということではないか。

兵が神殿の間から去るのを見計らって、ルドルフは玉座から悠然と下りてきた。

警戒心から身構えるミリアンの肩を強引に抱きよせ、耳の傍で声を潜める。

「忘れたのか？　私の望むようにすればおまえを妃にしてやろうと言ったはずだが、もはやその覚悟もないか」

揶揄を含ませた残忍な低い声に嘲笑《あざわら》われ、ミリアンはぎゅうっと瞼を閉じた。

もしもルドルフの誘いに乗ったとしたら、今度こそミリアンの命はないかもしれない。それとも言葉通りにルドルフは、ミリアンを妃にする気になったというのだろうか。

それにルドルフは知らない。ヴァレリーとミリアンの情事の行く末を——。ヴァレリーが水面下で何を考えているのかも気がかりだ。

ミリアンは結局、沈黙を守ったまま首を振るだけだった。

「惜しいが仕方あるまい。無事にパラディンに送り届けよう」

うそだ……無事でいられると思うな、とほのめかしているに違いない。

どうしたら……どうしたらいいの。今しかもう交渉することはできない。ミリアンの脳裏に祖国の人たちの顔が浮かんでは消えていく……心に残ったままのアンリの姿も。

……アンリ、国が滅亡したとき、あなたは……王族を恨んだかしら。それとも痛みさえなく絶命したのかしら。そうよ、命がなければ何も……何もできはしないわ。国を守ることも育てることも……人と繋がることも。すべてが灰となり塵《ちり》となり無になっていくだけ。

「――待ってください。陛下」

ミリアンはとっさに呼び止めた。ルドルフがこちらに視線を寄せる。

「……王女としての意見を申し上げます。鉱山を手放すことも考えましょう。友好的に……属国としての恩恵について今いちど、ご一考いただけないでしょうか」

「やっとわかったようだな。賢い提案だ。おまえが私の妃となり、帝国の花嫁となるのならば考えてやってもよい。私に二言はない」

「では、そのお言葉をどうか……お忘れにならぬようお願いします。国の者にはいっさい手をお出しにならないでください。それが私の条件です」

「……わかった。善処しよう」

暴君の妃となる。大陸を地に染める男の妻となる。その意味を考えたとき、おぞましい黒い血が自分の中に流れ込んでくるような気がした。

こうする他にない。鉱山を奪われることは大きいが、これ以外に手立てはもうない。王女も鉱山も奪われたパラディン王国は従属国となるしかない。けれど、ミリアンを妃とすることを呑んでくれ、国の者の扱いについては善処すると約束した。これは賭けだが、侵略されるより遥《はる》かにいい。あとは男の言葉を信じる他ない。たとえ限りなく低い可能性だとしても……。

……ごめんなさい。祖国のみんな……暴君の真意を知った上で、これが正しい判断だとは思えないわ。でも、私にはやっぱりこうするしかないのよ。これが私に与えられた運命なんだわ……。

ミリアンは震えの止まらない手を自分でぎゅっと握りしめた。

――その後、神殿の間をあとにしたミリアンは、解放された騎士たちと合流し、彼らに護衛についてもらうことになり、与えられた部屋で一夜を明かした。

ミリアンの不安を取り除けるようにと、テオドールが今日は部屋の中に入って護衛についてくれている。彼がいてくれて心強かったが、自分が情けなくて、テオドールの顔をうまく見られなかった。

「テオ、ごめんなさい……あなたたちをずっと拘束させたまま、私は結局何もできなかったわ。陛下は私を妃にすると言ってくれた。国の者たちに手をかけないと約束をしてくれたけれど……これからどうしていいかもわからないの」

ミリアン自身はいずれにしても帝国の花嫁になる。命ある限りあの残虐な男の傍にいつづけなくてはならない。

……怖い。

こうする他ないと決めたくせに、怖くてたまらないなんて。誰か、誰かに、強くて安心する腕に抱きしめてもらいたい。こんなときは……お父様、お兄様……。

「……王女殿下」

テオドールのいつになく慰撫するような声に、ミリアンは我に返って顔を上げた。

「……ごめんなさい。王女の私がこんなことを言って」

泣き言を諌《いさ》められるかと思ったが、そうではなかったらしい。

「いえ、無理もありません。よく……ご決断されました」

そう言うテオドールの声にも悔しさが滲んでいる。彼の手がぎゅっと拳を握ったのが視界に入った。

「……お願い。私を抱きしめて……今だけでいいの。震えが止まらないのよ」

ミリアンが涙をためながら懇願すると、テオドールは跪き、ミリアンをそっと包むように抱きしめた。

「王女殿下、今は……まだ言えませんが、私から大事なものをお渡しします」

「大事なもの……？」

ミリアンの翠玉石色の瞳がゆらゆらと揺らめく。目尻にこぼれ落ちてくる涙を慌てて拭い、目の前に跪くテオドールを見た。

「はい。失ってはならない大切なものを託したいのです。ですから、どうか……お気を強く持たれてください」

勇気づけるようにテオドールは言った。彼の菫色の瞳がミリアンをまっすぐに見つめる。ほんの少し目線が下になる場所で……いつでもどんなときでも彼は曇りのない眼差しをしていた。紺碧の海に映える、暁《あかつき》の空のような……。

こうして彼の忠誠心に触れると、ミリアンの心の中にくすぶっているものがゆっくりと晴れていく。これまでずっとそうだった。

「わかったわ。テオドール」

——失ってはならない大切なもの。

ミリアンはすうっと深呼吸し、祖国のことを思い浮かべる。

「私にとって大切なものは……パラティン王国そのものだわ。たとえどんなことがあっても絶対に屈したくない。この気持ちだけは……絶対に。ちゃんと無事に帰国してみんなの顔を見るのよ。そして安心させる言葉をかけてあげなくてはならないわ。王女として」

ミリアンが想いを込めて告げると、テオドールは護衛中にはめったに見せないやわらかな微笑みを向け、静かに頷いた。

「御意《ぎょい》にございます」

そうよ。気持ちだけは強く持たなくては……。

自分から呑み込まれてはだめ。

窓の方へ目を向けると、夜空に下弦《かげん》の月が浮かんでいた。

朝が明けたなら、新たに何がはじまっていくのだろう。どうかそれが戦でありませんように……ただひたすらそれだけを願った。


数日後、軍隊に囲まれるようにして、ミリアンと護衛についている騎士団たちはパラディンを目指すことになった。

銀の甲冑と白いマントに身を包んだパラディンの王立騎士団を呑み込むかのように、黒い軍服をまとった帝国軍の剣士や槍兵《そうへい》や弓兵《きゅうへい》などが騎馬で大地を踏みしめる様子に、並々ならぬ緊張感が走る。

視察のための百に満たない小部隊とはいえ、皇帝自ら出兵し、軍隊の最高位である元帥を引き連れているという状況では、今まさに戦がはじまるのではと危惧されるように感じられてならなかった。

雰囲気に呑まれてしまわぬよう、ミリアンは変わらずきもちを強く持つだけ……それしかできない。祖国では皆が心配しているのだから、とにかく生きて無事にパラディンに帰還しなくてはならない。そして国民を安心させる言葉を自らの口から発信しなくてはならない。

それが王族としての務めだ。ただその一心だった。

馬車に揺られる道中、ミリアンはヴァレリーと出逢った最初の夜のことを思い浮かべていた。

銀の狼のような……美しい獣のようだと思ったあの日のことを。

妖艶な魅力でミリアンを虜にした男は今、離れた場所で指揮に当たっているに違いない。

彼は皇帝の命を守る砦《とりで》のような存在なのだ。

そんな元帥ともあろう人が何かを取り戻す目的を持って動いているということを……かの暴君は何も知らないのだろうか。すっかり元帥として信頼しきっている様子……それもまたヴァレリーが築いてきた知徳なのだろうか。

結局、ヴァレリーが何を考えているのかわからないまま彼から離された。出逢ったときに感じた不思議な胸のざわめきは妙なしこりのように残ったまま――。

結局は敵国の元帥に純潔を奪われただけ……皇帝は鉱山を手に入れる。ミリアンは彼らの駒になっただけだ。そう思えば思うほど不甲斐なさでやるせなくなる。

それ以上に、ヴァレリーを受け入れてしまった罪深い自分の身体を呪《のろ》いたくなった。

……愛だなんて言って欲しくなかった。やさしく抱かないで欲しかった。

惑乱するような、指先で、唇で、情熱のすべてで……。二人が結ばれることなどこの先ないのだから。

胸の中が、ざわついてたまらない。考えだしたら落ち着かなくなり、ミリアンは自分の腕をぎゅっと抱きしめる。もしも本当にヴァレリーの子を孕んでしまっていたら……赤ん坊のときはごまかせても、成長するにつれごまかしきれなくなるかもしれない。

子だけを託して何を望むというの？

大地が黄昏《たそがれ》色に染まり、陽がゆっくりと落ちてゆく。行く手を阻むように闇夜が完全に覆いかぶさる頃、野営を張る場所へと移ろうとしていたとき、

「奇襲だ！」

馬車の外から兵らの声が聞こえ、ミリアンはハッとする。

馬がいななき、騎士たちの怒号が走る。とその時、大地を吹き抜ける強い風に馬車が煽られ、大きく車体が揺らいだ。

「きゃあっ」

車輪が外れでもしたのか、激しい振動が伝わってくる。車体が揺さぶられ転倒しそうになったところで馬車は完全に止まった。ミリアンはおそるおそる外に出る。

「王女殿下、ご無事で？」

そばにやってきたテオドールは警戒を強め、険しい表情で周りに気を配った。

と、その時、光の筋が空に走った。

雪ではない……弓矢の雨が降ってくる。伏せろ、という怒号が走り、ミリアンはテオドー

ルの腕の中に身体を埋める。敵勢は陽が落ちるのを待って奇襲を仕掛けてきたのだろう。

この無数の矢、兵の気配――。

「盗賊なんかではないわ。まさか、どこの国が」

テオドールに声を出すことを制され、ミリアンは息を呑む。

「王女殿下、今のうちこちらへ」

声を潜めてテオドールが誘導する。ミリアンは彼から離れないように暗い森の中を駆けた。

不穏な雰囲気に胸の鼓動が速まっていく。一体何が起こっているというのだろう。

渓谷がさし迫る森の中で、敵勢の襲撃を避けていたところ、ミリアンの視界に銀の獣の姿が飛び込んできた。ミリアンにはひと目でヴァレリーだとわかった。

夜だったため方向感覚が狂ったらしい。ミリアンたちは前線に巻き込まれてしまう。

前線にいるはずのないヴァレリーが敵勢の剣を払い除けている。かかっていく兵の数は闇夜でもわかるほど大人数だ。

テオドールは叢《くさむら》に突き刺さっていた矢を引き抜き、紋章を確かめる。

「これは……」

そう言い淀み、急ぎ様子を報告に来た自国の騎士に尋ねた。

「敵勢はどこからだ」

「パラディンの方角からです。森に潜んで夜営を張る機会を狙っていたのでしょう。調べたところ、どうやら連合軍のようです」

「なに。大将は誰だ」

テオドールの表情が険しいものになる。まさか不在の間に他国からパラディンが攻められたのでは、とミリアンの顔から血の気が引く。

「……傭兵《ようへい》の頭のようですが、わかりません。まずは王女殿下の身の安全を確保しなくては。今の内に方角を変えますか？」

土埃《つちぼこり》が暗がりに舞う。

ミリアンは琥珀色の月に舞う砂を見上げる。

風の流れが大きく変わった。

右に渦を巻き、大地が海の方へと引き摺られていく気配がする。

「なぜ、私たちを捜さないのかしら」

ミリアンの言葉にテオドールがハッとして、弾かれたように声を張り上げた。

「――否、現状維持だ。帝国の兵が陣形を立て直すまで時間稼ぎをしよう。我々はけして前線に出るな。向かってきた者にだけ対峙《たいじ》しろ。近衛隊は王女殿下をお護りすることに徹しよう」

「御意」

暗がりの中に蠢く無数の男たちの影が、だんだんと月光に照らされ、浮かび上がってくる。

何百……それ以上にすら感じられ、まさか千以上……戦争という文字がミリアンの脳裏を掠めた。

「ミリアン王女殿下、状況がわかるまではせめて、あなただけは見つかるわけにいきません。まだ正式ではありませんが、あなたは皇帝の妃となることをお約束された身。最悪、連合軍の捕虜になりかねない」

テオドールはマントを外し、ミリアンの身をすっぽりと包み込み、ケープのように頭まで隠した。

「テオ、あなた紋章に見覚えはあったの？」

「いえ、心当たりはありますが、まだわかりません」

時々流れてくる矢や正気を失ってかかってくる敵勢にテオドールをはじめ近衛隊が応戦する傍ら、敵勢の一部が、次々に帝国軍を倒して前線へと這い上がってくる様子がうかがえた。

矢で射られた兵が目の前に倒れ込み、思わず声を上げそうになるのをテオドールに護られ、ミリアンは必死に息を押し殺した。

岩の上から姿を現した敵兵にテオドールが剣を引き抜く。後援の騎士が目を光らせながら、ミリアンをできる限り安全な場所へと誘導する。

逃れている間、恐怖に脚を摑まれ、動けなくなりそうになる。

「きゃっ」

ざっと躓いた拍子に、ミリアンの頬を矢が掠めた。

「伏せて、急いで木の陰に」

戦は囲まれた方が負けだ。どんな強い軍だとしても、人数と戦略によって如何様《いかよう》にもなる。

銀の長い髪……ヴァレリーが場所を移しながら敵と対峙している様子が見える。彼は圧倒的な強さで敵を押さえつけ、命を奪うことなく士気を失わせていく。

……強いけれど、残虐ではない。あれがヴァレリーの戦闘の仕方なのだろうか。その後方には皇帝であるルドルフの姿があった。

なぜ、皇帝陛下が前線に。

敵勢を追い払ったテオドールが近衛隊に合流し、息を切らしながらミリアンの傍についた。

「――苦戦しているようだ。暗殺を狙って特攻隊が切り込んできたのか」

テオドールの声が大地に沈んでいく。

闇夜に放たれる銀の煌めきと討《う》ち合う金属音。

ミリアンはその光景を目の当たりにしながら、身体を震わせた。

無力だわ。私には何もできない。

こうなってしまったなら……どうにもならない。

恐怖で震えが止まらない。

「王女殿下、手を」

テオドールに声をかけられ、ミリアンは顔を上げた。

すると、純白の眩《まばゆ》い輝きが――手のひらに収められた。

「これは……」

ミリアンは紋章を見て、どこの国の指輪かすぐにわかった。

グランテス王国の鷹《たか》が翼を広げた模様……そして王家エッカルト家の薔薇の紋章が入っている。

ミリアンは弾かれたようにテオドールを見つめた。

「……なぜあなたがグランテス王国の……指輪を？」

これは王家の者が必ずつける指輪であり、唯一無二のものである。

王族であるミリアンの左手にも、パラディン王国の象徴である海の精霊と大地の恵みを表した模様に、王家ラシュレー家のライラックの紋章が入った指輪が嵌められている。

「失ってはならない大切なものです」

「……出立する前に言っていた？」

期待と戸惑いとで鼓動が速まる。

ミリアンの脳裏にアンリのことがよぎる……テオドールがやはり関係しているのではないかと思ったのだ。

――が、すぐにそれは打ち消された。

「これは、アングラード元帥閣下より託されました」

それを聞いた瞬間、ミリアンは動揺した。

「……なぜ……？」

真意を知りたくてテオドールの菫色の瞳を見つめる。

「いずれ、時が来ればわかるでしょう。今はとにかく生き延びることが先です」

失《な》くしてはいけないもの。

この指輪は――一体？

ミリアンは失くしてしまわないように手のひらにぎゅっと握りしめる。

テオドールの手に導かれ、ミリアンはより安全な場所へと向かう。

敵勢が鎮圧されてきたのか、それとも軍隊が押されているのか、それすらもミリアンにはわからなかったが、明らかに変化の兆しがあった。

敵兵が切り込んでくるその合間に、業を煮やしたルドルフが岩場から駆け下り、長剣を振りかざした姿が目に飛び込んできたのだ。

これまで大陸を侵略しつづけてきた皇帝にとって恐れるものはないと知らしめるかのように、束になってかかってくる敵勢に鋼を向けた。

黒い軍服に深紅のマントを羽織った獅子は圧倒的な強さで敵を捌《さば》いていく。残忍な暴君の存在を見せつけるかのごとく無慈悲なやり方で。剣を振りかざすことがあの男には苦行ではないどころか、血を啜ることを好んでいる。その男を前に兵の憎しみの表情が露わになった。狙いは皇帝暗殺だ。それをわかっているからこそ見せしめのために皇帝であるルドルフ自ら剣を抜いたのだろう。しかし次々と襲いかかってくる兵の数は限りなく、やがて疲弊していくのが目に見えた。

——と、死角から狙おうとした敵勢の剣が闇夜に一閃する。それにいち早く気づいたヴァレリーがルドルフを護ろうと動いた。だが、敵兵の顔を見たとたんヴァレリーは不意を突かれたような顔をし、彼の剣を持つ手が緩んだのを、ミリアンは見逃さなかった。

……ヴァレリー？

「何をしている、元帥。情けは無用だ。どけ——！」

ルドルフの長剣が敵の兵に振り落とされそうになったまさにその時、ヴァレリーの剣がすんでで長剣を打ち払い、敵兵の盾となった。

「何——」

怯んだのは、ヴァレリーの陰になった敵兵の方だった。

なぜ——？　ミリアンは息を呑む。場は騒然とした。

まさか元帥が皇帝に剣を向けるなどと誰か考えるだろうか。

ルドルフが剣呑《けんのん》な表情を浮かべ、ヴァレリーの意を図ろうと長剣を持つ手に力を込めたようだった。

「気は確かか、元帥」

ルドルフの長剣が不気味な金属音を立てて引き離され、表情の見えぬヴァレリーに容赦なく振り下ろされる。

……ヴァレリー！

ミリアンは思わず心の中で叫んだ。

剣が交わり、身を翻した拍子に彼の銀髪がはらりと切られた。

肉体には刺さっていない。だが、ヴァレリーは戦闘でどこか痛めたのか、苦悶の表情を浮かべた。

「ここは下がりなさい」

ヴァレリーは敵兵に声をかけ、ルドルフと剣を交差させた。

「陛下、これ以上、〝我々〟に……手を出すことは許しません」

「元帥、ずいぶんと興ざめなことをするものだ。場合によってはおまえを許すわけにはいかんぞ」

闇夜に銀の煌めきが交錯する。

不気味なほど静まり返った闇夜に、二つの剣が刃を激しく擦り合わせる音が響き渡った。

這いつくばっている負傷兵は、ヴァレリーが皇帝に剣を向けたのを知り、事の成り行きを見守っているようだった。

帝国軍と、様子を見守っていた騎士団たちにも混乱が見られ、ルドルフとヴァレリーが剣を交えている現場の様子をじりじりとうかがっている。

「さあ、どういうことなのか説明しろ……元帥。この奇襲はおまえが謀《はか》ったのか？」

忌々しげに血のまじった唾《つば》を吐きながら、ルドルフがヴァレリーを睨み上げる。

「いいえ。これは運命なのでしょう。なるべくしてなった……末路が変えられない結末です」

ルドルフが眉を顰め、ヴァレリーの表情を訝っていたその時、敵兵の一人が幻でも見たかのように目を見開き、声を上げた。

「……まさかとは思っていたが……陛下！　……国王陛下の御子《みこ》では……！」

敵勢の声に、ルドルフが不意を突かれた顔をする。否、誰もが意表を突かれたことだろう。兵たちがどよめく。

（……国王陛下の御子……ですって？）

一体誰のことを……風に吹かれて聞き取れない。

敵勢の見ている方向には、ヴァレリーとルドルフしかいない。

「いや、こんなことが……まさか考えられん……王子殿下！　……あなたはアンドレアス王子殿下！　なんと……ご存命であったか」

どちらが先に剣の切っ先を払うか、息を呑むような緊迫した状況で、ヴァレリーの表情が変わるのを、ミリアンは見た。

（……一体、どういうことなの……？）

「元帥……おまえは」

信頼を一心に預けてきたルドルフの表情に初めて揺らぎが走る。だが、ヴァレリーの熱を灯《とも》された瞳にはもう迷いがなかった。

「何年ぶりでしょうか。あのように王子殿下、などと呼ばれたのは。陛下は幾多の隊を渡り歩いてきた傭兵上がりの私を少々信頼しすぎましたね」

ヴァレリーの言葉にルドルフが眉を吊り上げる。

「無論、私も亡命した身です。亡国グランテスの王子と名乗るまでもなく、陛下が崩御した暁には……私が皇帝となることを考えていなかったわけではありません」

わざとらしい鷹揚な物言いがかえって見下しているように感じられたのだろう、ルドルフは忌々しげに歯を軋ませる。

「……きさま……！　食えない男だと思っていたが、まさか私を裏切るとは……」

（そんな……それじゃあ、ヴァレリーが……グランテスの王子……！）

ミリアンは信じがたい思いで、傍にいるテオドールを見上げた。彼は悟ったような瞳をして対峙する二人を見守っている。いつからテオドールはヴァレリーが祖国の王子だと気づいていたのだろうか。

「裏切ったとは、心外な言葉ですね。大義名分を守ってきたつもりですよ、陛下」

「亡国グランテスの……復讐のためか」

「いいえ。愛するもののため。失ったものを取り戻すためです。元々、私の中に息づいていた大切なものを守るために」

「何が愛……だ。冷徹なおまえには似合わない言葉だ。大切なものを守る？　笑わせるな！　おまえには何もなかった。私が拾ってやったんだ」

挑発的なルドルフの言葉にも、ヴァレリーは動じなかった。

「陛下、貴方は……我を失いすぎた。貪欲に大地を食い荒らす暴君と成り果て、御身を自ら滅ぼしたのです。なりふり構わぬ貴方についていける者はもういません」

ヴァレリーとルドルフが対峙する中、剣が払われた瞬間にどちらかの命が尽きる……そう予感させられる緊迫した状況に、誰もが動けなかった。

ミリアンの手には汗が握られ、鼓動が不穏な音を立てて速まっていく。

――大切なものを守るために。ヴァレリーの言葉がミリアンの心に衝撃を与えた。

……ああ、あの言葉は本当だったのね、ヴァレリー……！

「元帥、今ならまだおまえを許してやる。剣を捨てろ」

ルドルフが傍らの地面に向かって顎をしゃくる。

だめ……。ミリアンは心で叫んだ。

許すなどとは嘘だ。裏切った罪の見せしめにするつもりだ。

ヴァレリーは応じず、ルドルフから視線を逸らさぬまま剣に注意を払っているようだった。

「聞こえなかったのか、元帥」

ルドルフが長靴《ちょうか》を一歩踏み出す。ヴァレリーも握った剣に力を込め、一歩踏み出した。

――風が強く、大地を吹き抜けていく。もう、どちらも引くに引けないところまで来ている。

琥珀色の月が、二つの鋭利な剣を煌めかせ、行く末を見守っているようだった。

誰もが手を出せず、息を呑んで見守っている。ミリアンの心臓は張り裂けそうに強く打っていた。

ヴァレリーもさらに一歩長靴を近づけた。

「もう、国が滅びるのは十分です。帝国の暴君には退位してもらいましょう」

「おまえはそのつもりで私に近づいたのだな……？」

「ええ。まさかこの場で……陛下と剣を交えることになろうとは思ってもみませんでしたが」

「……今さら遅いぞ。おまえが先に牙を剥いたのだからな」

激昂《げっこう》しているルドルフをよそに、ヴァレリーは腹を括った顔をしている。自身の死をも覚悟しているような。それがミリアンには不安でたまらなかった。

「先ほど紛れていた兵たちは残された国の連合軍を雇っているパトロンから報奨金を貰《もら》っているのでしょう。指揮官の口を割れば容易にわかることです。陛下の暗殺を狙った首謀者がいるはず……」

ヴァレリーはそう言い、後方に待機している兵を一瞥した。兵たちは彼に忠誠を誓うように敬意を払い、軍旗を風になびかせ、再び高々と掲げる。完全にヴァレリーについたという証拠だ。

「貴方が暴君である限り、このような事態はいずれ今後もつづくでしょう。独裁政権はいつか果てる……これが現実ですよ、皇帝陛下。私はそうならぬよう水面下で貴方に知恵を貸していた。それだけに過ぎません」

ミリアンはヴァレリーの泰然《たいぜん》自若《じじゃく》ともいうべき態度に衝撃を受けていた。しかし彼の瞳の奥は激しい志を灯しているように見える。

失ったものを取り戻すためだとヴァレリーは言っていた。彼が苦しそうに見つめる瞳や、飢餓感を訴えるような愛の言葉、ミリアンの拒絶に傷ついた表情を見せていたこと……あれは嘘ではなく、そこに真実があったということ……？

（テオドール、あなたは知って……？）

ミリアンが思わずテオドールを見上げると、彼はただ無言のまま頷いた。

「――ですが、もう終わりです」

銀の髪が風に流され、視界を遮られる中、ルドルフがついに剣を払い、ヴァレリーの首を狙うべく振りかざす。

「……馬鹿め。私を止められるものはないとおまえがよく知っているだろう。わからないようなら、今いちど思い知るがいい」

もはや裏切り者を前にしたルドルフには容赦など微塵もなかった。右腕として傅《かしず》いてきた臣下の姿など見えていない。

否、ヴァレリーの方こそ最初からそうだったに違いない。憎むべき皇帝に長年にわたり仕えられていたのは祖国への強い想いがあったからだ。

ヴァレリーがルドルフの剣をなぎ払った衝撃で、金属のかち合う音が激しく闇夜に響き渡る。耳を劈《つんざ》く鋭い衝撃に、ミリアンは自分の身が切られたのではと錯覚するほどの恐怖を覚えた。

「陛下、愚かなのは貴方ですよ。失うことの意味を、貴方は知るべきです。私は憎しみのためにだけ動いているわけではない。しかし貴方は……愚かな考えを改めなかった。私にはこれ以上……手に負えません」

——大切なものを守るため。

ミリアンの心に強く、深く、刻み込まれる。

ヴァレリーはたしかにそう言っていた。あれは彼の本心から出た言葉だったのだ。

剣が交わるたびに銀の光が瞬く。ヴァレリーの長剣が銀の煌めきを放ち、ルドルフの剣を振り払う。だが再び剣は交わり、互いに一分の隙もないように見えた。

が、戦は永遠にはつづかない。いつか果てる時が来る。

ふと、ミリアンは思った。もしも、皇帝の強欲に歯止めをかけていたヴァレリーが倒れたら、止める者がいなくなるのではないか。ミリアンが国境の付近でいつか見た、違和感……あれはきっとヴァレリーが水面下で国を守っていたからに違いない。

「ぐ、っ……あぁ！」

闇夜に雄叫《おたけ》びが響き渡る。ついに決着のとき。

呻《うめ》き声を上げたのは──ルドルフだった。しかし、ヴァレリーもまた肩を押さえ崩れていく。

互いに討ち合った……かと思われたが、ルドルフの腕に矢が放たれている。

ヴァレリーが先程かばった敵兵……否、亡国グランテスの兵が震える手で弓を地に下ろしたのだ。

黒い軍服に身を包んだ男の身体が、それぞれ闇に落下していく。

「いやっ……ヴァレリー……！」

ミリアンは気づけばテオドールの腕からすり抜け、他には目もくれずヴァレリーのもとへ駆け出していた。本能的に、衝動的に、自分の意志で、彼のもとへと飛び込んでいた。

血なまぐさい臭いと、夥《おびただ》しい血痕が広がる中、ミリアンは地に手をついて肩を押さえるヴァレリーの手を握りしめた。

「戦の場に……女性が……王女殿下ともあろう方が……なりませんよ」

浅く息を吐きながら、ヴァレリーが苦悶の表情を浮かべ、手を押し返そうとする。離して欲しくなくてミリアンはしっかりと握り直した。

「だって、あなたに……もしものことがあったら、あなたが大切だと言っていたことを聞けなくなってしまうでしょう？　だから私……」

ミリアンはなんと言ったらいいのか言葉に詰まった。

ヴァレリーの負傷は肩だけではない。脇からも夥しい血が流れている。硬い筋肉に刺さった傷が痛々しく、ミリアンの胸を抉る。

きっと亡国の兵が弓矢を構えなければ、ヴァレリーの命はなかったかもしれない。

「……一騎打ちのつもりが……私は救われたのですね……祖国の兵に」

「……あなたが守ったことの意味が……伝わったのよ。だから……兵が動いたんだわ。だから、あなたは……生きなくちゃだめよ」

彼は短く息を吐きながら、ミリアンの髪に手を触れようとしてやめた。血がついてしまうことを懸念したのだろう。

「……心配いりません。私はこのぐらいの怪我ならば平気です。十数年かけて……傷の上には傷を……そうして耐えてきました。それに、貴方を残してここで倒れるわけにはいかない」

ヴァレリーの熱い眼差しを見て、ミリアンはこれまでのことを振り返った。

なぜ彼が執着するのか。けれど、彼が言わんとすること、その想いがようやくわかった気がした。

「アングラード元帥閣下、ご指示を」

その一言が、皇帝の失脚を意味した。

兵が皇帝を捕えにかかろうと動くが、すでにルドルフの表情からは血の気が引いて青くなり、虫の息のようだ。

「とどめを刺さぬように……王には生きて罪を償ってもらわなければなりません」

ヴァレリーの一声に、皆が動く。

生きて罪を償う。その言葉がとても重たく胸に響き渡る。

自分を押し殺して別の人生を歩んできた彼の心情が伝わってくるかのようだった。

帝国の兵がヴァレリーに声をかける。

「中には金目当てに逃げた者もいますが、追撃はどうしますか」

「いい。引け。私はむやみに人を殺傷することを目的とはしていない。連合軍との話をまとめよう」

「御意」

奇襲をかけてきた傭兵軍は、皇帝が倒れたことにより勝ち戦を主張したが、元帥が代理として戦利品などの交渉をし、引く波のように退いた。

参戦していた騎士たちはミリアンのもとに戻り、テオドールの指揮に従って各々が持ち場につく。

——皇帝の支配は終わったのだ。

やわらかな風が大地を吹き抜け、傷ついた戦士たちの身体を撫でてゆく。

これから大陸は新たな朝を迎えることになるだろう。

テオドールが負傷したヴァレリーに手を貸し、彼を馬車へと誘導する。

「殿下、こちらへ。医者が手当てをいたします」

……元帥閣下、ではない。殿下と告げたテオドールを見上げたヴァレリーの瞳に光が灯る。

「……すまない」

二人の男の視線には何か見えない絆《きずな》のようなものがあった。それは失われた祖国を見つめてきた者の瞳だ。

——失くしてはいけない大切なもの。

ミリアンは二人を見つめながら、手のひらの中にある指輪をぎゅっと握りしめた。

夜が白々と明ける頃、ヴァレリーの手当てが終わったことを聞かされたミリアンは、護衛に誘導され、急ぎ彼が休んでいる馬車を訪れた。

先程まで苦悶の表情を浮かべていた彼の顔は和らいでいたものの、血の滲んだ包帯がいくつも巻かれてあり、彼の身体に刻まれた傷痕は痛々しく、彼が重ねてきた年月のことを考えさせられるものだった。

今までただの一度もヴァレリー自身を知ろうとしなかった。そして、なぜ自分は皇帝から退けられ、彼に囚われていなければならなかったのか……。すべては彼の思惑によって転がされていたのだ。皇帝の座を狙っているわけではなく、守りたいものがあるのだと、失ったものを取り戻すのだと、言葉の端々で彼は伝えていた。

ミリアンはされるがままに応じた。それは彼の言う時間稼ぎで、彼にはそうするしかない事情があったのだ。それが、今ならわかる。

皇帝にミリアンをさし出さないために、ヴァレリーは傍に置いていたのだ。それをミリアンは知らず、あの日、皇帝に嬲られた。彼は護ろうとしてくれていたのに。

……ああ、なんてことなのだろう。きちんと向き合って本当のことを知らなくては。

「あなたは、パラディンの友好同盟国、グランテス王国のアンドレアス王子殿下だったのね

「……？」

確かめるようにミリアンが聞くと、先程触れられなかった頬に彼の手が伸びてきて、すっとやさしくなぞられた。

「ミリアン……貴方を傷つけることしかできなかった私を、許して欲しい」

閨事の間ではなく、初めてヴァレリーに名前を呼ばれて、身体が震えるほどに切なくなる。触れる指先もやさしく労るようで、泣きたくなってきてしまう。

「……今なら理解できるわ。あなたがどうしてもやり遂げたかったことを。私を奪ったあなたを許せなかったけれど、今は許すことぐらいしか……私にはできないわ。だって、あなたは護ってくれようとしたのだから……私は、何も知らなかった……ごめんなさい」

ミリアンが声を震わせて言うと、ヴァレリーは切なげに眉尻を下げた。

「……覚えていませんか。小さな頃に出逢った少年のことを」

唐突に言われ、ミリアンは顔を上げる。

「……少年？」

すぐに菫色の瞳をした少年、アンリのことを思い浮かべた。

「アンリ……？」

アンリのことは忘れるわけがない。

幼かったあの日々はミリアンにとってかけがえのない大切なものだから。

けれどなぜヴァレリーがそのことを――。

「そう、私が……その〝アンリ〟ですよ」

「え……なんですって？」

「ですから、幼少の頃、私はアンリと呼ばれ、匿《かくま》われていたのです」

ヴァレリーの顔を見つめながら、ミリアンはしばらく言葉を失った。

「アンリ……うそでしょう。あなたが……アンリだというの？」

ミリアンは混乱しながらヴァレリーの表情を、あの頃のアンリに重ね合わせる。

髪の色はうまく思い出せないけれど、瞳の色が違う。菫色の瞳をした王子様のような彼……。それとも記憶違いだというのだろうか。

「私は髪の色がこのように特徴的だったので、特殊な薬品で変えられていました」

「……じゃあ瞳の色は？　もっと菫色だったと思うの。テオドールのような……」

「グランテス王国の人間は、先住民との血の繋がりがあれば菫色のまま、王家の人間は、瑠璃《ラピスラズリ》のような濃い青色になるのが普通です」

驚きと戸惑いで、唇が震える。

「私、混乱しているわ。あなたが……アンリ……だなんて。本当に……アンリなのね？」

アンリが……ヴァレリーだったなんて。

「ええ。幼い時に、結婚の約束をしましたね」

ヴァレリーはそう言って、懐かしむように目を細める。

「実際、あなたは私の婚約者となる予定だったようですよ。私自身の希望としても、あなたを妃にするつもりだった。国が滅びるまでは……。私の正式な名前はアンドレアス・エッカルト……パラディンと友好関係にあったグランテス王国の第一王子です」

……アンドレアス・エッカルト……グランテスの王子。

ミリアンはまだ信じがたい思いでヴァレリーを見つめた。

「グランテス王国は帝国によって滅ぼされました。戦で生き延びた者も奴隷となったのちに命を落としました。幼かった私は護衛に導かれてヴァレリー・アングラードと名前を変えて亡命したあと消息を断ち、その後、身を潜めていた先で傭兵となり、隊をいくつか渡り歩きました。やがて皇帝と接触し帝国の元帥にのぼりつめ、皇帝の信頼を得るまでになりました。それらは、すべて……グランテス王国の復興のためです」

復讐か、とルドルフが言及していたことが蘇る。それは違った。彼が望んでいたものは、復興、そして……大陸の平和だ。

「私は、グランテスとパラディンがいつかまた平和を築けるようにしたかったのです。ギースヴェルト帝国がパラディン王国に攻め入る計画があることを知った私は、皇帝に知恵を貸し守りつづけてきたつもりでしたが……暴君の欲望は果てしない。皇帝の目を騙し逸らし、順を追って行動を起こそうとしましたが、連合軍が待ってはいられなかったようです。今回の奇襲はやむをえなかった」

ヴァレリーの紺碧色の瞳が悲しげに伏せられる。彼の瞳が菫色のままでなかったのは、きっと明けない空の闇を知っていたから……。

ようやく真実がわかった。

ヴァレリーは失った国を取り戻し、パラディンを守ろうとしてくれていた。ミリアンに対して監禁するような真似をしたのも、わざとつらく当たったのも、すべてカムフラージュのためだったのだ。

「私は少しも知らないで……あなたは傍にいて……護ってくれていたのね。それなのに私は……」

ミリアンは込み上げてくる衝動のまま、ヴァレリーに手を伸ばし、彼の頬に指先を滑らせる。ちゃんと彼が生きているのだと肌で実感したかった。

「護るとは言葉ばかりで……私は貴方を奪い手に入れた。強欲な人間ですよ。正義面をする気はありません。ただ……この気持ちだけは真実です」

ヴァレリーは自嘲気味に言う。けれど、ミリアンは思う。人が何も欲しないで生きることはできない。平和を願い、共に生きる道を探し、愛し愛され、幸福でいたいと欲することは罰せられることではない。

彼が生きてきた十数年の間、一体どんなふうに過ごしていたのか計り知ることはできない。

けれど、たった一つ、愛している……その言葉が偽りではなかったことはわかる。

そう、彼の瞳を見つめれば……。

「そうよ……あなたの愛は……大地にずっと息づいていたんだわ」

『アンリ……どうして会えないの』

会いたかった。もう会えなくなってしまった。あの国は滅亡してしまったから。ただ懐かしむだけで、深く知ろうとしなかった。彼は……アンドレアスという名を隠し、そしてヴァレリー・アングラードとして生きてきたのだ。

ミリアンの瞳に涙が溢れ、たちまち目尻からこぼれ落ちてくる。

ヴァレリーは触れてきたミリアンの手に自分の手を重ね、彼女の目尻にこぼれてゆく涙を唇で拭いとるようにやわらかな唇で触れた。

ミリアンは片方の手で握りしめていた手を開いて、ヴァレリーに問いかける。

「……納得したわ。この指輪は、あなたのものだったのね」

失くしてはいけないものがある、とテオドールが言っていたことの意味を今になって知る。

ヴァレリーは万が一の場合も覚悟していたのかもしれない。

「……貴方の中にもしも私の魂が宿っていたなら……いつか女王陛下となった貴方のお傍で復興をしていただけるだろうと、未来を託したかったのですよ」

子を孕め……と抱かれた夜。

あれがヴァレリーの本心だったのかもしれない。

「長い間、あなたが培ってきたものがあるはずだわ。あなたがいなくちゃ……意味がないでしょう」

「そうですね。勇敢でありながら実は繊細である貴方を想えば……やはり一人にはできません」

やさしく抱きしめられて、ミリアンはヴァレリーの傷に触らないよう背中にそっと腕を回す。

「いとしい人……貴方につらく当たったことを許してください」

ため息のように囁かれ、胸が軋むように痛んだ。やさしくしたくても真実を告げたくても堪えなくてはならなかった事情があったのだ。

「……あなたが、私を愛してくれるなら」

「もうずっと長い間、愛していましたよ。でもこれからは……素顔のままで貴方を大切に愛します」

ヴァレリーはミリアンの金糸雀色の髪に手をやさしく梳きながら、大切な存在を確かめるようにきつく抱きしめた。

——ずっと長い間、愛していた。

その言葉に胸を打たれ、ミリアンの瞳から一筋の光の粒が流れていく。

彼一人が背負い込んで、何も知らなかった自分が不甲斐なく、どうしたら彼の想いに応《こた》えられるだろうかと考えた。

それはきっと彼が愛してくれた以上に、彼を愛することだ。

「……これからずっとよ……約束よ……」

「ええ。心から誓います」

混乱も、不安も、恐れも、ざわめきも、すべてが……頬を寄せた彼の胸の中に消えていく。

十数年、彼が培おうとしていたことをこれからも無駄にしてはいけない。ミリアンの胸にはいつしか新たな約束と希望の光が灯っていた。

◆エピローグ

その後、ルドルフ・ル・クレジオ＝ベアトリクス三世は廃位され、ファンジールは新たな王を立てた。

一方でパラディン王国もまた新たな歴史を刻もうとしていた。

ヴァレリーが、アンドレアス・エッカルトの名を取り戻し、パラディンの新国王となり再建することを託されたのだ。

新王の人選に異論はなかった。なぜなら、彼が水面下で諸国に働きかけてきたことにより大陸の停戦宣言と友好同盟の締結へと漕《こ》ぎ着けることができたのだから。

孤立化していた状況が改善されたおかげでたちまち経済が潤い、侵略され傷ついた国同士が力を合わせ、復興そして発展へと歩みはじめた。

滅亡したグランテス王国の領土はファンジール王国から返還され、パラディン王国が引き継いでゆく運びとなった。

また、グランテス王国の軍はすべてパラディン王国の軍に吸収され、主に国境や王都の警備、及び近衛隊としての任務に当たっている。

城下町での諍《いさか》いなどは昼夜問わずあるものの、国は戦争に怯える日常からおだやかな日々を取り戻しつつあった。


マティアス大陸に平和が訪れ、あたたかな光が降り注ぐようになった春の日――。

ヴァレリー改めアンドレアスが新王となる戴冠式《たいかんしき》が行われた。長い、長い、厳冬のときを越えた花の芽吹きを感じながら、大地と海の恵みに感謝を捧げ、永遠につづく平和を願った。

ミリアンは彼の妃となることが正式に決まり、これから大聖堂で挙式するところだった。

待機している間、ミリアンは控えの間のバルコニーを開け、やわらかな風に身を委ねた。

ここから見える海の煌めきが瞬いて、祝福してくれているかのようだ。

純白のウエディングドレスに身を包みながら、ミリアンは改めて国や大陸への想いを温め、安らかな想いで大地の平和を祈った。

――どうか、永遠に……。

ノックの音が響いて、ミリアンは瞼を開け、扉の方を振り返る。

「失礼します。大聖堂の方へお願いします」

侍女ジゼルの声だ。彼女は花嫁であるミリアンの世話係をしてくれている。

「とてもお綺麗ですわ。お傍で拝見することができて幸せです」

感極まった声で、ジゼルが言う。

「ありがとう、ジゼル」

「どうかこれからもずっとお傍にいさせてくださいませ」

ジゼルは涙をこぼしそうになりハンカチで慌てて目尻を押さえた。

ミリアンの瞳にもうっすらと涙が浮かんでしまう。

「ええ、もちろんよ」

それから大聖堂へと導かれたミリアンは、重厚な扉が開かれると兄の腕に摑まって長い身《しん》廊《ろう》を歩み、祭壇の先で待つアンドレアスのもとへと進んだ。

扉を背に、パイプオルガンの音色が響き渡る中、神聖なる深紅の絨緞の上を一歩ずつ進んでいく。ヴェールで覆われた視界の中まだはっきりと見えてこないが、立派な盛装に身を整えた長身の男性の姿を捉えることができた。

彼の特徴的な銀の長髪は、歴史の終わりとはじまりを機に短く整えられ、ステンドグラスからこぼれてくる光に煌めき、硬質な輝きを放っている。純白の盛装に身を包んだ彼は、若き国王としての高貴なる威厳がすでに備わっているようだった。

いよいよ対面というとき、彼の玲瓏《れいろう》たる面差しが、ふわりとやわらかなものに変わり、ミリアンの美しく着飾られた姿に息を呑む。ミリアンもまた戴冠式のとき以上に麗しい彼の、今までにないほどおだやかな表情に胸を焦がした。

幼き頃の約束がこうした形で叶えられると誰が想像しただろうか。国の人々は驚き、喜び、祝福に沸いた。歴史も人の縁も、紆余曲折《うよきょくせつ》を経て、巡りに巡って、ようやく形を築いていくものなのかもしれない。

アンドレアスからさし出された左腕にミリアンはそっと摑まり、彼と共に神の導きを待つ。過去を噛みしめながら今を抱きしめ、そして未来へとつづく道を歩いていくことを誓おう。けして平坦ではなく、時として危機が訪れることがあったとしても……この手を離さずに。

「——汝《なんじ》、その健《すこ》やかなる時も、病める時も、喜びの時も、悲しみの時も、富める時も、貧しい時も、これを愛し、これを敬い、これを慰め、これを助け、その命ある限り、この大陸に在《あ》る国のために尽くすことを誓いますか？」

——誓います。

二人は互いに誓いの証として、王家の指輪をそれぞれ交換し、リングピローに載せられた夫婦の指輪が新たに嵌められた。

ヴェールが上げられ、いとしい人との誓いのくちづけにミリアンはそっと目を瞑った。永遠の愛と平和を心から願いながら——。

戴冠式に結婚式……という歴史に残るお祝い事にパラディン王国では国中が盛り上がっている。今日は至るところで宴《うたげ》が夜通し行われるだろう。

これからミリアンとアンドレアスは舞踏会に出席することになっている。友好条約を結んだ国々からも多くの来客があり、初めて二人が揃ってお披露目になる大切な場だ。

挙式から舞踏会用のドレスに支度直しするため、ミリアンはいったん部屋に戻ってきていたのだが、不意にテーブルの上に置かれてあった肖像画に目を留めた。

「これは……もしかして……」

ミリアンが見つけた肖像画は、アンドレアスがグランテス王国の第一王子として生きていたときのものだった。

アンリと名づけられた少年の頃のものから、将来を見越して描いたアンドレアスの成人の姿まである。十歳の頃には亡命していたと考えると、これらはきっとミリアンと結婚するために用意されていたものなのだろう。

人々の生命が奪われてきた歴史を考えれば、もしも……と思ってはいけないだろう。けれどミリアンは時々考える。あの日、あのまま二人が成長し、滞りなく出会っていたなら、今のような関係を築けていただろうか……と。

きっと意味があって二人は出会い、今に至るのだとしみじみ思う。

突然後ろから抱きすくめられて「きゃっ」と驚いて声を上げると、アンドレアスがミリアンを可愛がるようにこめかみにキスをしてきた。

「それを見ていたのですか」

「ええ。とても不思議な気持ちね。なんだか、こんなふうに見ていると……一緒に過ごせなかった時間を感じられる気がして……」

「ミリアン……初夜の仕切り直しをしましょうか」

アンドレアスの一言にミリアンはドキリとする。思わず振り仰ぐと、いとおしそうに見つめる彼の瞳があった。

初めて彼に純潔を奪われた夜のときのことが一瞬だけ蘇った。

けれど、もう『ヴァレリー・アングラード元帥閣下』の姿はない。

菫色の君……ミリアンだけの王子様。あの頃の彼でもない。長かった銀髪は短く切られ、獣のような険しい表情をしていた彼は今おだやかな顔をして、妃となったミリアンを見つめている、唯一無二の存在だ。

「気にしているのね……？」

「貴方を初めて奪った日のことを……後悔することがあります。そうせざるをえなかったと言い訳をするつもりはありませんが。もっと貴方を最初から大切に扱って、抱きたかった……と」

彼の声色からどれほど切望しているかが伝わってきて、胸の奥がじんと痺れる。

「わかってるわ……だって、あなたは言葉と裏腹にやさしかったもの」

そう、もうわかっている。十分彼の想いは伝わっている。

たくさんのことを見てきた紺碧の瞳が彼の真実を物語っている。髪を梳いてくれるやさしい指先が心地よい。つむじに落ちてくるため息すらもいとおしい。全身で彼という人を欲している。

「あなたは愛がどうと自分で言っていたのに、気づいていないの。私を……どれほど大切に抱きしめてくれたか。忘れてしまったなら、思い出して……？」

アンドレアスの手が戸惑いながら背を支えるように這わされ、互いの瞳が交わった数秒後には……唇が重なっていた。

誓いのキスよりも熱いキスを。後悔も傷も涙もすべてを……分かち合いたい。生きているという証のこの体温を重ね合いたい。

慈しむキスはやがて熱を孕んだものへと変わり、狂おしいほどの想いをぶつけるように貪り合ったあと、ミリアンの身体はアンドレアスの腕にやや強引に抱き上げられた。

「きゃっ……」

「ミリアン、貴方が可愛すぎて……我慢できません。支度直しするなら……私に抱かれてからにしてください」

甘い囁きにどぎまぎしながら、ミリアンはアンドレアスを見つめる。

「アンドレアス……で、でも……大事な舞踏会が」

「しばらく人払いしておきましたから、大丈夫ですよ」

ミリアンの瞼にキスをしながら、アンドレアスは言った。

「まさか……そのつもりでここへ？」

上目遣いで咎めるミリアンに、アンドラスはいたずらっぽく微笑む。

「祝宴はこれから長いですから……少しの間、独占権をもらってもよいでしょう？」

ベッドにそっと下ろされて、甘やかな沈黙が訪れた。

衣擦れの音がさらりと鼓膜に滑り込んでくる。これからはじまる官能の調べを待ち焦がれるかのように……。

あたたかな身体に触れると、鼓動がたちまち速まり、彼への想いが溢れてくる。

アンドレアスの肩越しに窓辺から入ってくる光がきらきらと瞬いている。二人の秘めやかな蜜事を交わす閨の中にも祝福の光を届けてくれているようだ。

ぎしりと二人の重みで閨室のベッドが軋む。邪魔するものを遮るように天蓋から垂らされたカーテンのタッセルが外される。

ベッドについた手、その指先が触れ合うだけで、火花のようなものが弾けた。

「あ、……」

アンドレアスを見上げると、端麗な彼の表情に獣のような色香が漂っていた。

元帥であった彼と出逢ったときは怖かった。けれど今は……甘い牙を持ったやさしい獣だ。

「愛してる……ミリアン」

「……ん、……私もよ。……あなたを、愛してるわ」

少しの間でも離れるのが惜しくて、両手を伸ばして彼の首にしがみつくと、耳朶にキスをしながら甘い声で囁いてくる。

「そんなに可愛い顔で、挑発されてしまうと……まだこれから長いのに、手加減できなくなりますよ」

首筋へ滑り落ちていく唇に戦慄きながら、ミリアンは震える唇を開く。

「……手加減してくれたことなんて……なかったでしょう」

「そうでしたか？　貴方から欲しいとねだってやまなかったことの方が……多かったと思いますが」

くすくすと笑う声にすら感じてしまい、それを揶揄されたミリアンはかあっと頬を染める。

「……貴方がそうさせたんでしょう？　けれど……」

「……なんです？」

ミリアンの顔を覗き込もうとアンドレアスが正面に戻ってくるのを狙って、ミリアンは自分から顔を近づけて唇にちょんと触れるようなキスをした。

意表を突かれて目を見開くアンドレアスを見て、仕返しよろしくと少女のように頬を赤くする。

「もっと……してくれて構わないの。今は……もっと強く、あなたのものだって感じていたいから」

ミリアンの健気《けなげ》な想いに打たれたように、アンドレアスの瞳がやさしく揺れる。

「……本当に貴方という人は……可愛い人です」

すぐにも応酬はやってきて、何度も何度も唇を貪るようについばまれ、互いの身にまとう衣類を剝ぎながら、深いくちづけへと変えていく。

「……私の腕の中で、たくさん……私のものなのだと感じてください」

そう囁きながら、耳朶を食み、首筋へと唇を這わせていく。ちゅっと皮膚を軽く吸われただけなのに、身体が大袈裟なぐらいに跳ねてしまった。

「……可愛いミリアン、もう感じてしまったのですか？」

「……あなたが私をそうさせたのよ……？」

息を弾ませながらミリアンが言うと、アンドレアスはドレスの紐をほどいた。

「そう、私好みの可愛い身体です。でも、今日はあなたの望むようにしますから、もっと触らせて……確かめさせてください」

体温の高い手がじかに肌に触れる。

「あ、……」

指先がほんのわずかに掠めただけで、火傷《やけど》しそうなぐらいに胸が焦がれてしまう。

「本当に……金糸雀姫は、愛らしい声で啼いてくれますね。そのたびに私がどれほど衝動を抑えきれなくなったことか、きっとわかっていないのでしょうね」

まるで小さな姫君を愛《め》でるような視線にくすぐったくなり、頬が火照ってきてしまう。不意に、速まっていく鼓動が自分のものだけではないのだと気づいたミリアンは、アンドレアスの切なげな顔を覗き込んだ。

「どうして……そんな顔をするの？」

「不思議な気分なんです。もう貴方を何度も抱いてきたのに、初めて触れるような……戸惑いが込み上げてくるのですよ。どんなふうに触れたらいいか……ためらうなんて、おかしいですね」

自嘲気味にアンドレアスは言う。彼の眼差しから、触れる仕草から、緊張が伝わってくる。

「奪うよりも守ることの方が……やはり難しいものなのでしょうね」

大切に髪に手をさし込んで、毛先まで慈しむように指に絡め、溢れる想いのままアンドレアスがくちづけを求めてくる。ミリアンもまた彼の想いに応えるように唇を重ねた。

同じ気持ちだ。今まで数えきれないほど彼に抱かれてきたのに、とても緊張している。

「どこもかしこも綺麗に飾られて、どんなふうに愛したらいいのでしょうね」

ドレスを肩から脱がせ、ためらいがちにくちづけられる感触に、淡いときめきが弾けて、ため息がこぼれる。窮屈に締められていたコルセットの釦を外され、露わになった胸の膨らみに唇が触れ、ビクンと肩が震えた。

「あ、っ……」

アンドレアスの無骨な手が胸にやさしく這わされてくるだけで、たちまち全身が火照りだす。彼の大きな手のひらで捏ね回され、濡れた舌先で焦らすように這わされるのがたまらなく気持ちよく、ミリアンは仰け反りながら彼の愛撫を受け入れた。たちまち興奮して隆起していく粒を弾くように舐りながら、アンドレアスが物憂げな視線を向けてくる。

「もう、こんなに硬くして……舐めて欲しくなってしまったのですね」

責めるように言って、濡れた蕾に吸いつき、舌先で捏ね回す。

「あ、ん、んっ……だって、……」

「私の前では……いいですよ。いつまでも姫君のままで……今日はたくさん甘えてください」

何度もそうして執拗に舐られるうち、下腹部の奥が甘く疼いてじんじんしはじめた。交互にやさしく揉みしだきながら指の腹で挟まれる感触が心地よく、それぞれの異なった快感がミリアンの身体の奥をますます熱くする。

「ん、……あ、……ぁ、……」

アンドレアスの唇が離れ、熱い吐息と共にみぞおちから下腹部へと下りていくのを感じ取ると、これから触れられることを期待して身体が戦慄き、ただでさえ浅く乱れる呼吸が忙しなくなる。

「……して欲しいところが、他にもあるみたいですね」

「あんっ！」

ちゅっと吸われて、ミリアンは腰を浮かせた。

「今、してあげますよ。貴方が欲しいと思ってるところに」

アンドレアスの低い声がくぐもり、腰にたまったドレスを一気にベッドの下へと落とす。

残りは半分まで釦を外されたコルセットと、ガーターベルトで留められた太腿から下のストッキングだけだ。

「なるほど。ウエディングドレスの下はこういう仕掛けになっているわけですか……」

アンドレアスがどこを見ているのか不安で、ミリアンは内腿をもじもじと閉じ合わせようとする。が、ぐいっと広げられてしまう。

「あ、っ……そんなにじっくり……見ないで」

「夫を誘惑するために工夫を凝らされているのでしょうか？　とても扇情的ですね」

内腿に濡れた舌を這わせながら、アンドレアスが言う。

「あ、ぁっ……んっ……あぁ、……」

彼の舌が少しずつ秘めたところへ近づくにつれ、期待に戦慄いた内腿がふるりと震える。

「もしかして貴方が考えた……とか？　これでは大事なところを舐めるために、開かれているようなものですよ」

アンドレスがミリアンの火照った顔を見ながら、ストッキング越しに舌を這わせてくる。じかに触れられるよりもずっと淫らで、今しようとしていることを知らしめているみたいだった。

「……ん、ん、……、ちが、ぅわ……」

足首を持ち上げられると、腰布の下には何も穿いていないから秘所が丸見えになってしまう。気にかけているところに唐突に指をつるりと這わせられ、ミリアンは腰をぶるっと震わせた。

「あっ……！」

「……ああ、すごく濡れて……綺麗だ」

アンドレアスはそう言い、指を上下にゆっくりと動かし、溢れる蜜をくちゅ、くちゅと鳴らす。わざと大きく音を響かせるように、指で蜜口を広げて抜き差しを繰り返す。

「どんどん溢れてきますね」

「や、……くちゅ、くちゅ、……しちゃ、あ、あ、っ……」

「私はただ指を動かしているだけですよ。こんなになるほど、私に抱かれたかったのですか？」

敏感な陰核を指の腹でつうっと弄られ、ミリアンはぶるっと身悶える。

「……ん、……あぁ、……」

臍の下へくちづけていた彼の唇が下がっていき、浅い繁みをかき分けるように舌を這わせ、今しがた指で弄っていた花芯を捉えた。甘い愉悦が込み上げ、思わず腰が浮いてしまう。

「んんっ……あぁ、……」

指で弄ったあとを追いかけるように舌でも同じように舐められ、指と舌と異なる感触の快感に、ミリアンは仰け反りながら抗う。

「ひゃ、ぁ、あっ……あっん、……そんな、したらっ……」

「どっちでされたいですか？　お望みのままにしてあげますよ」

焦らすようにアンドレアスの舌が左右に叩き舐る。

「ん、ん、……あぁ……まって、……だめ、……んんっ」

そんなふうにされていたらもう我慢できない。

羞恥と快感が交互に駆け上がる中、アンドレアスの長い指が媚肉をくぱりと広げ、蜜口から滴る透明の滴を、全体に塗り込めはじめた。

まう。

「ふ、ぁっ……あっ……や、あっんんっ……」

武骨な指先からは想像もつかないようなやさしい触れ方で、ゆっくりと下から上へ、上から下へ、さらに円を描くように全体を撫でられ、ますます敏感な肉芽がぷつりと主張してし

「ここに触れて欲しい……と言っているみたいですね」

アンドレアスはそう言い、ひくひくと痙攣する肉芽をひと思いに食んだ。

「あっん！」

舌全体を擦りつけるように刺激してくる。

ねとねとと絡みついてくる感触がきもちよすぎて、腰が何度も跳ね上がるのを、彼の手が引き寄せて、ちゅうっと吸いついてきた。

「あ、あん、あっ……あぁ、……」

「……ん、吸って舐めても……まだまだ溢れてきますね。どれほど淫らに感じるつもりですか？」

膨れ上がった中央の溝をなぞり上げ、紅真珠のように硬く張りつめた尖端を余すことなく舐めしゃぶりながら、濡れそぼった隘路に指がぬぷ……と入ってくる。

「ふ、あぁ、……！」

狭い膣壁を押し広げられ、衝撃のあまり内腿に力が入ってしまいそうだったところ、アン

ドレアスの手が許してくれなかった。膝の裏を押し上げたかと思いきや、彼の唇にさし出すような大胆な格好にさせられ、飢えた獣が果肉を味わうようにしゃぶりながら、指をゆっくりと抜き差ししはじめたのだ。

「……あぁ、……そんな、はげし、……んっ……っ」

ぴちゃ、ぴちゃ、と淫猥な水音だけでなく、中を掘削する指の動きに合わせて粘着質な音までまざりはじめた。中を弄る指の動きがとても甘い。

「あ、あぁっ……」

「ここがいい場所でしたか。では、もっと弄ってあげましょう」

「んん、……だめ、……いじわる、は……しない、で……っ」

「いじわるなんてしていません。貴方を可愛がっているのですよ」

切なく喘ぐミリアンの声と、アンドレアスの息遣いとが、互いのしている行為を鼓膜に届けて、ますます興奮が昂ぶっている気がした。

アンドレアスの舌がどんなふうに這わされているのか、指がどんなふうに動いているのか、目に見える部分だけでなく、中からも外からも感じて、だんだんと甘い愉悦の波が押し寄せてきて、ミリアンに絶頂の予感を抱かせる。

「あ、ぁ、……」

踵《かかと》やつま先でリネンを掻くように動かせば、ぐいっと広げられ媚肉ごと吸われ、暴れたことを懲らしめるかのように指で陰核をずりずり擦られ、泣きたくなるような鋭利な感覚にミリアンは呼吸を荒らげた。

「あ、あっ……ん、もっ……だめ、……きちゃ、……うっ……」

もう抗えないところまで迫り上がっている。アンドレアスの唇や舌の動きに合わせて、ミリアンの腰も揺れてしまう。彼はそれを悟ってますます巧みな舌戯をほどこす。舌先に力が込められ、敏感な肉芽を掘り起こすように弄られて、頭の中が真っ白な霧に染まりかける。

「んん、……あっぁっ！　ん、……きもち、いい……のっ……とまらな、……」

あまりの喜悦にミリアンの翠玉石色の瞳から涙がぽろぽろこぼれる。

溢れる蜜壁を溶かすように指を動かされ、舌と指で体内をかき乱されるにつれ、愉悦の波が押し寄せてくる。

「いいですよ。たくさん感じて、見せてください。あなたの気持ちいい……と感じる顔を……もっと」

アンドレアスの濡れた唇に頂きをついばまれるたびに、止め処なく秘めた蜜が溢れ、掬い取るように指が秘口を暴くたびに、涙が込み上げてくるほどの切なさに身が焦がされそうになる。

昂ぶった熱芯に指が触れた瞬間、ついに目の前が白く弾け、意識が光の泡に包まれていった。

「あ、……あ、ぁっ……」

絶頂を味わったばかりの中に、突然アンドレアスの猛った欲望が陰唇を割って入ってくる。

「あっあぁ！」

ぬぷ……と切っ先が埋まった瞬間、目の前が弾けそうになった。

「……あ、あっ……今、……だめ、……いっちゃう、わっ……」

達したばかりの中が激しく収斂している。絶頂の波がおさまらぬまま小刻みにのぼりつめて目の前がちかちか白む。強すぎる快感に仰け反ろうとも、愉悦に蕩けた粘膜はねとねと絡みついて彼を離さない。いきり立った肉鞘は狭隘な内部を押し開くように最奥まで挿入され、抽挿をはじめてしまった。

「あん、あっ……あっ……はぁ、……んっ……」

「……ああ、貴方の中まで、甘えるようにしがみついてくる……いとおしくて……たまりません」

アンドレアスの大きな手がミリアンの腰を摑んで、ゆったりとした動きで熱杭を最奥に埋める。張り上がった切っ先が疼く場所を突き上げてきて、ますます熱を集めていく。

「あっあっ……アンドレアス……おねが、っぃ……」

臀部を強く引き寄せられ、何度となく密着した肉がぱちんぱちんと打擲音を響かせる。蜜に濡れた花芯が打たれるのがたまらなく感じて、中が雄を締めつけてしまう。

「何を……お願いしたいのですか？」

　アンドレアスの途切れがちの甘い声さえも、ミリアンの耳を弄する。

角度を絶妙に変えながら、余すことなく愛されてゆく感覚に、どこもかしこもが蕩けそうに気持ちよくなっていく。

「んんっ……いじわる……やっ……ぁんっ……」

花芽を擦りながら重心をかけられて最奥を穿たれる感覚が、とても心地よかった。彼と繋がっているということをより実感していられ、ミリアンに至福の悦びを与える。それは快楽の萌芽だ。それと同時に、もどかしい疼きが次から次へと溢れ、目頭が熱くなってしまう。

「いじわるなんてしていませんよ。して欲しいことがあるならはっきり言いなさい。私は貴方が望むことをしてあげたいだけです」

アンドレアスが腰を振り動かしながら、甘い命令を下す。

「んっあんっ……もっと、はぁ、……もっと……ああっ、……欲しぃの……」

ベッドが二人の重みで軋む。その間隔はだんだんと狭まっていく。濡れた粘膜を押し開くように擦られる屹立がよりいっそう硬く膨らんでいくのが体内から伝わってくる。彼も感じてくれているのだとわかるとますます喜悦が込み上げてくる。

「……よく言えましたね。ではご褒美に……たくさんしてあげましょう」

ずんっと重たい感触が腰の奥に響いて戦慄くと、雄芯でぐりぐりとかきまぜられ、意識が飛びそうになる。

「あぁっ……！」

あまりの愉悦に身をよじろうとするが、がっしりと強く抱き込まれ、腰が離れられない。彼は断続的に入ってきて、気持ちのいい場所を余すところなく探った。

「あ、あ、っ……ぅ……はぁ、ん……あぁっ……」

闇は二人の息遣いと交わり合う打擲音が響いていた。目を瞑っていてもどんなふうに手を握ってくれているか、抱いてくれているかはっきりと伝わってくる。暗がりであっても彼の体温を感じていられる。

生きて、愛する人と触れ合えることは、唯一無二の幸福なのだと、全身が喜びに満ちて、一つに溶けていく。

「あぁっ……アンドレ……アスッ……はぁ、あんっあぁ……きもち、いいのっ……」

ついには自然と淫らな言葉が飛び出てきてしまう。恥ずかしいなどと言っていられる状態ではなかった。

息を弾ませながらミリアンを突く彼の表情は、えもいわれぬほどの色香が漂っている。一緒に感じてくれているのだと伝わってきて、よりいっそうミリアンを昂ぶらせる。

「私も……貴方の中、とても……気持ちいいですよ」

繰り返し求め合うにつれ、ミリアンの中を満たしていた彼の屹立がさらに硬く張りつめ、熱の捌け口を探すかのように激しい情動を貪りはじめた。

きっともうアンドレアスも限界なのだ。大切に抱かれることと同じだけ、彼に欲してもらえることが嬉しかった。

一緒に感じていたい。もっともっと。無意識のうちに欲求を抱きながら、幾度となく穿ってくる彼の情熱を受け止めた。

「は、ぁっ……あっ……ンっあ、あっ……」

さっき絶頂を感じたばかりなのに、また甘い愉悦がさざなみのように駆け上がり、どれほどでも彼が欲しいと収斂していく。

「ああ、可愛いミリアン……もっと、もっとですよ。私の愛を受け入れてください」

リネンに手を押しつけられ、互いの結び合っている部分を擦り合わせるように吸いついたり離れたりする。

「……あ、……ああ、っほしいわ、……あなたのことが、もっと……もっと……」

「……あげますよ、もっと……ほら、貴方の中に……」

アンドレスの屹立がまた大きく膨らんで硬さを増した。

「あっあっ……あんっ……ああ、っ……！」

甘い快感が積み重ねられていき、もう何も考えらなくなっていく、いくつもの人生を歩んできた彼のすべてが、注ぎ込まれてくる。いつしかミリアンは腰を

揺らして、アンドレアスの昂ぶりを自分から受け入れていた。

まるで本当に一つに繋がり合ってしまったかのように互いを粘膜で包んで、高みを目指す。

「……ああ、っ……いいのっ……いっちゃ、うわ……っ……」

ぶるりと浮遊感が襲ってくる。体内に何度も何度も熱い波しぶきが押し寄せてくる。

「いいのですよ。何度でもイって。たくさん二人で感じ合いましょう」

アンドレアスが深く、深く、柔襞を抉るように粘膜を擦りつけてくる。

くちづけを交わしながら、互いの身体をきつく抱きしめ合い、想いの丈をぶつけ合った。

「あ、んぅ、……んっ……はぁ……」

絶頂の波はいくつにも連なり、一度きりで終わらない愉悦がミリアンをさらなる高みへと連れていく。

「愛してる……ミリアン。貴方のすべてが欲しい……私に、永遠の約束をください……」

激しく肉襞を割って入ってくるアンドレアスの情熱が膨れ上がっていくのが伝わってくる。

ミリアンの中がよりいっそう熱く火照り、止め処ない愉悦の波に涙がこぼれる。

「……あ、ぁ、……っ……っ……」

愛してる、愛してる……と彼が穿つたびに想いが伝わってくる。瞼の裏に眩い閃光が走り、何も考えられなくなっていく。

私も、と伝えたかったのに、うまく言葉にならない。ついには体積を増した彼の熱が爆《は》ぜ、ミリアンの中にも狂おしいほどの熱い揺らぎが走った。

「あ、あぁ――っ」

気づいたら臀部がびくんびくんと震え、彼の体液をすべて呑み込むほどに収斂していた。

混沌とする白い意識の中、ゆっくりと弛緩していく間にも夢中で彼からのくちづけを待ち望んだ。

手を握り合い、おだやかな光の波に身を委ねながら、互いの鼓動を聴く。

ああ、彼の瞳は……光がある場所では菫色に輝くのだ、とミリアンは気づいた。

ここから新たなはじまりを予感させるような、いとおしい音色に胸を弾ませながら……降り注ぐ春の日差しにきらめく菫色の瞳を見つめて、よりいっそうのときめきが込み上げ、言わずにいられなくなる。

「愛してるわ。これからもずっと……ずっと一緒よ」

今度こそミリアンは心から言葉にして伝えた。

すると、アンドレアスの表情にもおだやかな笑顔が広がっていく。

「ええ……必ず。約束します……」

噛みしめるように言って、ミリアンの身体を包み込むように抱きしめた。

そして、互いの唇をゆったりと重ねて、交わりながら目を瞑る。

永遠にこの愛がつづきますようにと――。

それから季節がひと巡りし、パラディン王国に春のやわらかな風が吹くようになる頃、ミリアンは騎士団と共に視察に出向いた王都の最南端から紺碧の海を見渡した。

今日もパラディン王国は平和だ。日を重ねるごとにミリアンは天に感謝を捧げた。

かつて国の滅亡の危機に瀕していた日々を振り返り、花々の甘い香りをかぎ、深呼吸する。果てしない海原の美しい水面の煌めきを眺めながら、相変わらずミリアンの傍で護衛についているテオドールに問いかけた。

「ねえ、テオ……ずっと聞きたいと思っていたの。あなたは私があの日決意したときから、わかっていたの？」

菫色の瞳をした王子様は、テオドールではなくアンドレアスだった。夢見るばかりに理想を描いていたミリアンの勘違いだったのだ。

「いいえ。ファンジールに赴かなければ、わからない事実でした。遅かれ早かれ……当時の元帥閣下は貴方を攫う計画を立てていたでしょう」

テオドールは淡々と答えた。彼の表情からはいつも本心が見えにくい。業を煮やしたミリアンは直接的に聞き直した。

「そのことじゃないわ。私がずっと片想いをしている相手が……あなただって思い込んでいたことよ？」

拗《す》ねたような顔をするミリアンに、テオドールは策士的な笑みを浮かべる。

心の中で幼い姫君の乙女心をからかっていたのね、と言おうとしたのだが、意外にテオドールは真摯だった。

「正直に申し上げれば、勘違いのまま……想っていていただきたかったという気持ちはあります」

真顔のままのテオドールに一瞬ミリアンは固まった。

思いがけない告白に頬を紅潮させて戸惑っていたところ、テオドールの視線がふいっと逸らされる。

「……ですが、私の想いは変わりません。永遠に君主に忠誠を誓う……一人の騎士ですよ」

そう言い、ミリアンの手の甲を持ち上げ、跪いてキスをしようとする――のだが、二人の邪魔をするかのように風が吹いた。

ふわりと後方から煽られ、絡まった髪を押さえたところ、後方から声が聞こえてきた。

ああ、テオドールは先に気づいていたようだ。

「――正直に言えばよい。あと少し私の決断が遅ければ……王妃を連れ去ろうと考えていたことを」

噂の主、アンドレアスだとわかり、ミリアンは振り返る。そして彼の言葉の意味をくみ取り、誤解したのだろうと思って、慌てて否定した。

「テオドールは君主に誠実な騎士よ。そんなこと考えないわ」

ミリアンの自信たっぷりの言葉にテオドールが困惑したように微笑み、言葉通り君主に傅《かしず》くべく、慇懃に礼をとる。

何か、他意が含まれているような空気に、ミリアンはテオドールとアンドレアスとを交互に見た。

「え？」

……本気だったの？

アンドレアスはやれやれとため息をつき、ミリアンに手を伸ばし、ぐいっと彼の腕の中に抱きすくめた。

「私が帝国にいる間に、水面下で騎士団の近衛隊長と接触し、貴方を託すことにしたのは……万が一のためです。今後はいっさいありえませんよ。世継ぎがもう……ここにいるのですから」

釘を刺すように言って、アンドレアスがミリアンを抱き締める。そして下腹部をそっと撫でたものだから驚いた。

ミリアンはたちまち薔薇のように顔を赤くし、『まだ』懐妊していないわ……と訂正しようと思ったが、先に否定したのはテオドールの方だった。

「……陛下、妃殿下、どうか誤解なさらないでください。妃殿下にはお伝えしているはずです。何があろうとも永遠に忠誠を誓う騎士であります、と。何より……お二人が幸せにされている様子を傍で拝見できるのが私の幸せです。いずれ御子を拝見させていただけることも」

テオドールはそう言い、幼き姫を見守るような瞳で二人の幸せな様子に目を細めた。

そう彼はミリアンに忠実な騎士というだけでなく、祖国グランテス王国を復興したアンドレアス王子……のちにパラディン王国の王となる彼を尊敬しているのだ。

だからこそミリアンはもどかしくなり、二人きりになってからアンドレアスを咎めた。

「あんな言い方しなくたっていいのに。あなただってかつてテオドールを頼ってくれたのでしょう？」

「ええ。もちろん敵視的な意味ではありませんよ。あなたの勘違いがとんだ誤算でしたね。あのような私の杞憂《きゆう》が永遠につづくと思うと、言わずにいられないのですよ」

と、アンドレアスはきまり悪そうに肩を竦めた。

つまりは……妃を溺愛《できあい》するがゆえの夫の嫉妬《しっと》だ、と、ミリアンはようやく気づいた。

「あなたでもやきもちを妬《や》くことがあるのね」

ミリアンが揶揄するように言うと、アンドレアスは仕返しと言わんばかりに悪巧みをするような表情を浮かべた。

「口がすぎますね、我が妃は。あんまり私を煽ると、閨で後悔しますよ」

アンドレスの意味を含んだ艶っぽい瞳にミリアンの鼓動がとくんと跳ねる。

「も、もう……そういうことばっかり……今日だって、あ、朝から……」

それ以上自分の口から言うことがはばかられて、ミリアンは頬を薔薇色に染めた。

……朝も、昼も、夜も、どんな場所でも……多忙なる政務の合間に、彼はミリアンを抱く。

初めて会ったときから彼は容赦がなかったが、彼の妃となってからはそれを上回る溺愛に、ミリアンはついていくので必死なのだ。

「いつであろうとどこであろうと……私は貴方を求めていたい。しばらくこの数年の反動は止まりそうにありません。覚悟してくださいね」

アンドレアスはそう言って微笑み、いとしい妃の唇に慈しむようにくちづけを注いだ。

「貴方こそが、王である私の生きる糧なのですから」


——その後、アンドレアスは選帝侯により新たにギースヴェルト帝国の新皇帝として戴冠した。

日々真摯に研鑽《けんさん》を積んでいた彼は、フェリス一世を超える賢帝と崇《あが》められ、同盟を結んだ諸国の王たちは彼を慕うようになった。

彼の傍にはいつも妃であるミリアンの姿が見えた。二人は年を重ねるごとに仲睦《なかむつ》まじく、パラディン王国およびギースヴェルト帝国の年代記《クロニクル》に「賢帝の傍には内助の功あり」と記されることとなり——今、王国および大陸は平和と愛に溢れている。

あとがき

こんにちは。立花実咲です。

祝☆ハニー文庫一周年！　もう一周年と思うと早いものですね。これからもたくさんの読者さんに愛されるレーベルであり続けられたらいいなと願っています。

私のハニー文庫さんからの本も今作「元帥閣下の愛妻教育」で三冊目になりました。

今回のヒーロー&ヒロインは、私の中ではあまりないタイプだったので、とても新鮮でした。

とくに長髪＋銀髪＋敬語責めに萌えを抱きながら、私の中で鉄板の外せないある設定を織り込み、楽しんで書かせていただきました。

実を言うと、皇帝ルドルフと元帥ヴァレリーでどちらをヒーローにしてお話を描こうか二種類のプロットがあったんです。どちらをどう描くかによって、こんなにも正義と悪の雰囲気が変わってくるものなのですね。

最初は皇帝ルドルフをヒーローにする案を立てていたので、元帥ヴァレリーをヒーローにすることが決まったとき、キャラクターの修正に苦戦しまして……生みの苦しみを久方ぶりに感じました。でも、結果的に元帥ヒーローにしてよかったなと満足しています。脇役の騎士テオドールのお話も機会があれば書いてみたいですね。これからもみなさんにより楽しんでいただける作品を描いていきたいなと思います。

今作は藤井サクヤ先生にイラストを担当していただきました！　男性陣の麗しい色気全開のキャララフをいただいたときからテンションMAXでした。藤井サクヤ先生、お忙しいところ素敵なイラストをありがとうございました！

そして担当のS様、今作もご丁寧にご指導いただきましてありがとうございました。毎回とても勉強させていただいています！　本作を出版するに当たってお世話になりました関係者の皆様、そして本を手にとってくださった読者の皆様に心から御礼申し上げます。

機会がありましたら、既刊、「秘められたウエディング～薔薇は密やかに咲きこぼれる～」（イラスト：SHABON先生）「豪華客船上のアリア～スイート・ハネムーン!?

〜」（イラスト：花岡美莉先生）もチェックしてみてくださいませ。

また近いうちに皆さんとお会いできますように！

私個人のサイトでも企画やメルマガや制作秘話など発信しています。
お時間があればふらっと遊びに来てくださいませ。
ＨＰ：ＳＷＥＥＴｘｘｘＰＡＩＮ　http://sweetxxxpain.skr.jp/

立花実咲

立花実咲先生、藤井サクヤ先生へのお便り、
本作品に関するご意見、ご感想などは
〒101-8405
東京都千代田区三崎町2-18-11
二見書房　ハニー文庫
「元帥閣下の愛妻教育」係まで。

本作品は書き下ろしです

Honey Novel

元《げん》帥《すい》閣《かっ》下《か》の愛《あい》妻《さい》教《きょう》育《いく》

【著者】立花《たちばな》実《み》咲《さき》

【発行所】株式会社二見書房
東京都千代田区三崎町2-18-11
電話　03(3515)2311［営業］
　　　03(3515)2314［編集］
振替　00170-4-2639
【印刷】株式会社堀内印刷所
【製本】ナショナル製本協同組合

落丁・乱丁本はお取り替えいたします。
定価は、カバーに表示してあります。

ISBN978-4-576-15032-1

http://honey.futami.co.jp/

甘くとろける蜜の恋☆濃蜜乙女レーベル

Honey Novel

立花実咲の本

秘められたウエディング
～薔薇は密やかに咲き乱れる～

イラスト=SHABON

誕生日の舞踏会の夜、決まって胸の薔薇の刻印が疼く王女エステル。
人目を忍び耐えていたところに現れたのは隣国の王子アルフレッドで…。

甘くとろける蜜の恋☆濃蜜乙女レーベル
Honey Novel

早瀬 亮の本

口づけに酔わされて

イラスト=時計

シリーズの稀少本を借りるため、筆頭侯爵家のラストラドに一冊一回口づけを許す約束をしたレイノラ。しかし約束のそれは濃密すぎて…

甘くとろける蜜の恋☆濃蜜乙女レーベル
Honey Novel

夏井由依の本

初夜
～王女の政略結婚～

イラスト＝周防佑未

夫を王にする権限を持つ王女ネフェルアセト。政略結婚相手のアフレムは強がりを見抜いたように優しく触れてくる、今までにない男で…